DREAMBOOKS ★

KB020489

DREAMBOOKS ★

DREAMBOOKS★

DREAMBOOKS ★

발렌 판타지 장편소설

FANTASY STORY & ADVENTURE

마법군주

인 칼리스타

In Kallista

2

dream
books
드림북스

마법군주 2

칼리스타 뱅크

초판 1쇄 발행 / 2009년 9월 7일
초판 4쇄 발행 / 2015년 9월 18일

지은이 / 발렌

발행인 / 오영배
책임편집 / 편집부
펴낸 곳 / (주)삼양출판사 · 드림북스

주소 / 서울시 강북구 도봉로 173
대표 전화 / 02-980-2112 팩스 / 02-983-0660
편집부 전화 / 02-980-2116 팩스 / 02-983-8201
블로그 / blog.naver.com/dreambookss

등록번호 / 제9-00046호
등록일자 / 1999년 3월 11일

ⓒ 발렌, 2009

값 8,000원

(주)삼양출판사 · 드림북스의 서면 허락 없이는 어떠한
형태나 수단으로도 이 책의 내용을 이용하지 못합니다.

ISBN 978-89-542-3336-1   04810
ISBN 978-89-542-3334-7   (세트)

* 지은이와 협의하에 인지는 생략합니다.
* 잘못된 책은 구입한 곳에서 바꾸어 드립니다.

마법군주
인 칼리스타

발렌 판타지 장편소설
FANTASY STORY & ADVENTURE

In Kallista

2

칼리스타 뱅크

dream
books
드림북스

마법군주
인 칼리스타

In Kallista

제1화

라키아의
죽음

"무슨 꿍꿍이지?"

리안의 미소를 보자마자 라키아는 상대가 자신이 깨어난 사실을 진작부터 알고 있었음을 깨달았다.

소녀 같은 얼굴로 이상한 기운을 품고 있는 열다섯의 어린 영주. 그동안 그가 알아낸 전부다.

생명의 은인임에도 불구하고 리안을 보는 라키아의 눈빛엔 적의가 가득했다.

"일단 앉으시죠."

둘 사이에 얘기가 길어질 것은 자명한 일. 리안이 탁자로 걸어가 앉으며 손으로 반대편 의자를 가리켰다.

잠시 망설이는 듯했지만 라키아도 거절하지 않고 탁자로 와 앉았다.

"우선 제 소개를 하죠. 제 이름은 아드리안 폰 칼리스타, 이곳을 다스리는 영주입니다."

"……."

"라키아 님 맞으시죠?"

"알고 데려온 것 아니었나?"

리안을 향한 경계를 풀지 않은 채 라키아가 퉁명스럽게 맞받아쳤다.

눈을 뜨고 마주한 라키아의 모습은 그 느낌이 몹시도 차가웠다. 침대에 누워 있을 때조차 강한 인상을 풍기기는 했지만, 직접 맞대고 보니 비할 바가 못 되었다.

그의 남청색 눈동자는 마치 얼음호수를 보는 듯했다. 지금도 자신을 향한 그의 서늘한 눈빛 때문에 리안은 내심 주눅이 들었다.

하지만 그런 기색을 애써 감추며 일부러 밝은 목소리를 냈다.

"네, 맞습니다. 피셔 숲에 쓰러져 계신 걸 발견하고 제가 직접 모시고 왔습니다."

"왜지?"

정신이 돌아오고 라키아가 가장 먼저 묻고 싶었던 말이었다.

알다시피 그는 역모라는 죄를 뒤집어쓰고 쫓기는 몸이었다. 그런 그를 숨겨주었다가 들키는 날에는 누구라도 가차 없이 목숨을 내놔야 했다. 설사 죄인이라는 사실을 몰랐다 해도 용서는 없었다.

역모라는 것이 원래 관계된 모든 자들을 죽음에 이르게 하는 것이지 않은가. 그래서 역모가 무서운 것이다.

그런 자신을 배짱 좋게 감히 황궁 기사단이 머무는 곳으로 데려오다니.

얼마 전 처음 의식을 차리고 주변 상황을 돌아보던 중 라키아는 정말 깜짝 놀랐다.

처음에는 그저 운이 좋아 자신의 신분을 모르는 누군가에게 구함을 받았다고 생각했었다.

하지만 알고 보니 그게 아니었다.

의식이 없는 척 침대에 누워 눈앞의 소년과 그의 하녀가 하는 대화를 라키아는 꽤 여러 번 들었다. 분명 하녀는 아니었지만, 영주라는 이 소년은 그의 존재를 알고 있었다.

그때부터다.

소년의 존재가 그를 혼란스럽게 한 것은.

보상금을 노린 것이라면 그가 정신을 잃고 있었을 때를 노려야 했다. 하지만 제보는커녕 들키지 않게 조심하는 것은 물론, 치료까지 해주고, 후에는 깨어나지 않는 자신을 걱정하기까지 했다.

왜, 대체 무슨 이유로?

혹시 예전에 알던 사이인가 생각도 해보았지만, 이곳은

라키아가 처음 와보는 곳이었고 상대 또한 처음 보는 얼굴이었다.

사람의 얼굴을 일일이 기억하는 편은 아니지만, 예외라는 것이 있다. 소년의 얼굴은 한 번 보면 절대 잊지 못할 얼굴이었다.

"그렇게 경계하실 필요 없습니다. 당신을 해치려는 마음 따위는 제게 추호도 없습니다."

"원하는 게 뭐야?"

위험을 무릅쓰면서까지 자신을 살려준 것은 분명 원하는 것이 있기 때문일 것이다. 남에게 줘야 할 무언가가 남아 있지도 않지만, 그것이 아니라면 다른 이유가 있을 수 없었다.

"휴."

리안은 한숨을 푹 내쉬었다. 어느 정도 예상은 하고 있었지만 라키아의 적개심은 생각보다 컸다.

사람이 쫓기다 보면 평소보다 훨씬 예민해진다. 누명까지 썼으니 심화 또한 클 것이다.

무엇보다 가장 상태가 심각한 옆구리의 상처가 친우에게 몸을 의탁했다가, 그의 밀고로 인해 입은 것이라고 들었다. 아마도 라키아는 이제 자기 자신 외에는 아무도 믿지 않을 것이다.

그를 어찌 설득시켜야 할까.

5년 후에 대해선 아무런 말도 할 수 없는 리안으로선 그저 답답하기만 했다.

"내 질문이 어렵나?"

리안이 한숨만 쉬고 대답이 없자 라키아가 비웃듯 물었다. 리안은 고개를 저었다.

"아니요. 어떻게 말을 해야 당신이 저를 믿을 수 있을지 생각했을 뿐입니다."

"그런 고민은 할 것 없어. 네가 어떤 말을 해도 난 믿지 않으니까."

"당신에게 원하는 것은 없습니다. 그저 도움이 되고 싶었을 뿐입니다."

"훗, 도움?"

자신이 지금 무슨 말을 들었냐는 듯 라키아의 얼굴이 요상하게 일그러졌다.

"네, 그동안 제가 알아본 바에 의하면 이번 역모 사건은 수상한 점이 무척 많습니다. 제 생각이지만 이건 누군가 당신에게 누명을 씌운 겁니다. 전 결백하다는 당신의 주장을 믿습니다."

"그래?"

라키아를 발고했던 친우도 처음에는 그렇게 말을 했다. 그때가 생각나자 그의 얼굴에 냉소가 떠올랐다.

"황제 폐하를 믿지 않으십니까?"

"뭐야?"

갑자기 리안이 황제를 거론하자 라키아의 안색에 급격한 변화가 생겼다. 그가 당장이라도 리안을 죽일 듯 노려보며 낮게

으르렁거렸다.

"함부로 황제 폐하를 입에 담지 마라. 네까짓 게 논할 수 있는 분이 아니다."

"저는 폐하를 믿습니다. 당신이 폐하의 검술 선생이었다지요?"

"……?"

"황궁에서 일하는 친구에게서 들었습니다. 황제께서 당신의 누명을 벗겨내기 위해 많은 노력을 기울이고 계시다고 하더군요."

"친구라니. 그게 누구지?"

"당신에게 그걸 밝힐 수는 없습니다. 그저 제 비밀 친구라고 해두죠."

당연히 그런 것이 있을 턱이 없었다. 황제의 얘기를 자연스럽게 꺼내기 위해 리안이 지어낸 말일 뿐이었다.

5년 후 라키아의 누명이 벗겨지는 것은 현 황제의 노력 덕분이었다. 검술 선생이었던 라키아를 친형처럼 따랐던 카터 3세는 누구보다도 라키아를 믿고 의지했다.

그런 라키아를 지켜주지 못한 것을 황제는 두고두고 괴로워했다고 알려져 있다.

모두들 역모라고 했지만, 끝까지 그 사실을 믿지 않았던 황제는 결국 5년 후 라키아의 누명을 벗겨내는 데 성공하고 그의 오명을 씻어냈다.

지금도 라키아의 죄가 없음을 증명하기 위해 백방으로

노력하고 있지만, 열여섯의 어린 황제에게는 아직 힘이 없었다.

그에게 조금의 힘만 더 있었더라면 아마도 라키아가 그토록 허무하게 가지는 않았을 것이다.

무서운 눈빛으로 자신을 바라보는 라키아를 향해 리안은 마음을 담아 말했다.

"폐하의 노고를 헛고생으로 만들지 마십시오. 분명 폐하께서 밝혀내실 겁니다. 그때까지는 제가 어떡해서든 도울 테니 그만 그 적의를 거두시는 게 어떻겠습니까?"

"······내가 뭘 믿고 그래야 하지?"

그렇게 말하고는 있지만 리안을 향한 라키아의 시선과 말투는 이미 조금 바뀌어 있었다.

아마 그도 진즉에 느끼고는 있었을 것이다. 혼수상태에서 깨어난 그가 얼마 동안 상황을 살폈다는 것을 리안은 알고 있었다.

물론 처음부터 안 것은 아니다. 처음엔 그가 깨어나지 않는다는 사실에만 집중한 나머지 다른 생각을 할 정신이 없었다.

하지만 시간이 흐르고 외상이 거의 치유되었음에도 일어나지 않는 그를 보고 있자니, 어느 날 문득 그런 생각이 들었다.

혹시 일부러 깨어나지 않는 척하는 것은 아닐까?

역모라는 누명을 쓰고 쫓기는 입장이니 충분히 그럴 수 있겠단 생각이 들었다.

그때부터 리안은 매들린에게조차 말하지 않고 비밀리에 라키아를 관찰했다.

먼저 실내화의 위치를 바꿨다. 깨어날 그를 위해 침대 옆에 놓아둔 갈색의 실내화를, 바닥에 깔린 양탄자와 교묘하게 각을 맞춰 자신만 알아볼 수 있도록 놔두었다.

맨발로 다녔다가는 발바닥에 먼지가 묻을 것이고, 평생을 귀족으로 살아온 그이니 반드시 실내화를 사용할 거란 판단에서였다.

아니나 다를까.

일견 보기에는 제자리인 듯하지만 실내화의 위치가 살짝 틀어진 것을 리안은 몇 시간도 지나지 않아 확인할 수 있었다. 양탄자에 수놓아진 실선과 거의 동일하게 놔두었던 실내화가 약간 삐뚤어져 있던 것이다.

그 사이 매들린은 들어오지 않았기에 리안은 확신했다. 자신의 생각이 맞았음을.

속으로 안도의 한숨과 함께 미소를 지은 리안은 이후로 조금은 편한 마음으로 라키아가 깨어나길 기다렸다. 모든 걸 알면서도 그를 가만히 놔둔 것은 그가 스스로 자신을 믿게 하고 싶었기 때문이다.

그런 리안의 생각은 맞아들었다. 추격대가 같은 성에 머물고 있으면서도 아무도 자신의 존재를 모른다는 사실에 라키아는 안도하는 한편, 이곳에서 몸이 나아질 때까지 있는 것이 좋다고 판단했다.

괜히 무리해서 탈출을 시도했다가는 상처가 다시 덧날 수도 있었고, 이미 곳곳에 병사들이 깔렸기에 다른 방도가 없었다. 물론 혹시 모를 사태를 대비해 의식이 없는 척 연기를 했지만 말이다.

그 사실을 리안이 언제부터 알았는지는 모르지만, 라키아는 나름 편하게 오늘까지 버텨왔다.

"좀 전에 당신의 시체가 발견되었다는 말은 들었겠지요?"

"……?"

"제가 당신의 옷과 반지를 좀 빌렸습니다."

"무슨 뜻이지?"

안 그래도 항상 끼고 있던 반지가 없어 찾던 중이었다. 가문의 문장이 그려진 반지였기에, 가문이 몰락한 지금 라키아에겐 더욱 의미가 깊어진 반지이기도 했다.

옷이야 워낙 넝마 수준이다 보니 갈아입힌 게 당연하다고 여겼고, 특별한 옷이 아니기에 상관없었다.

"지금 황도가 돌아가는 꼴을 보면, 당신이 잡히기 전까지는 추격을 멈출 생각이 전혀 없어 보입니다. 언제까지고 숨어 다닐 수는 없지 않습니까? 그래서 제가 손을 좀 썼습니다."

"손이라니?"

"당신과 비슷한 시체를 찾아 당신의 옷을 입히고 반지를 끼워놨습니다. 당신의 시체를 찾으면 추격대는 그 즉시 황도로 복귀할 것입니다."

"나와 얼마나 비슷할지는 모르겠지만 과연 그들이 속아줄까? 내가 어떻게 생겼는지는 그들이 더 잘 알아. 그래도 한때는 동료였으니까."

"지금이 여름인 건 알고 계신가요?"

"⋯⋯?"

"더구나 이쪽은 대륙의 남쪽에 위치하고 있어서, 제국에서도 무척 습하고 더운 지방에 속하죠. 당신의 회색 머리칼은 아직 남아 있을지 몰라도 대부분의 살은 썩어 문드러졌을 겁니다. 물론 그 전에 짐승의 먹잇감이 되지 않았다면 말이죠. 살이 썩어도 남아 있을 뼈로 인해 체구만큼은 신경 써서 골랐으니 걱정하실 필요는 없습니다."

리안이 부탁한 지 나흘 만에 알만은 조건에 딱 들어맞는 시체를 구해왔다. 우연찮게도 허리 부근에 칼을 맞고 급사한 젊은 청년이었다.

리안의 명으로 그 시체는 곧바로 과거에 라키아의 시체가 발견되었던 곳으로 옮겨졌다. 그리고 오늘에서야 누군가에 의해 발견이 된 것이고.

습하고 더운 기후 탓에 시체는 알아볼 수 없을 만큼 손상이 되었겠지만, 아마 추격대는 시체를 라키아로 인정할 것이 분명했다.

시체의 옆구리에 난 부상이나, 손에 끼워진 가문의 반지가 정체를 알려주는 큰 증거가 될 것이다. 무엇보다 오랜 추격으로 인해 심신이 피로한 그들이었다.

예전에 그리했듯 이번에도 역시 라키아의 죽음을 끝으로 사건은 조용히 마무리가 될 것이었다.

물론 황제는 애통해하겠지만 나중을 위해서라도 이렇게 하는 것이 옳은 일이었다.

"제법이군."

마침내 라키아의 입가에 미소가 그려지고 그가 눈을 빛내며 리안을 바라봤다.

그는 내심 놀라는 중이었다. 나이가 어리다는 이유로 은연중 상대를 무시했었다.

하지만 말을 섞으면 섞을수록 어린애라는 생각은 좀처럼 들지 않았다. 말하는 것하며, 자신을 대하는 태도 등 모두가 굉장히 어른스러웠다.

그 큰 황궁에 비밀 친구가 있다는 말은 좀 의심스럽긴 하지만, 황제가 자신을 위해 힘쓰고 있다는 것은 그도 아는 사실이었다.

쫓기는 내내 그 사실이 그를 괴롭히는 동시에 살아야겠다는 의지를 심어주고는 했다.

어린 주군이 행여나 자신 때문에 봉변을 당하시지는 않을까, 밤마다 우시는 건 아닐까. 감히 말하지는 못했으나 동생과도 같은 황제가 아파할까봐 라키아는 걱정이 컸다.

그리고 한편으론 그러니 살아야 한다고, 배덕한 무리들에게서 주군을 지켜내기 위해선 일단 살아야 한다고 의지를 다잡으며 도망을 쳤다.

하지만 더 이상의 도망은 무리였다. 그도 이제는 지칠 만큼 지쳤고 쉬고 싶었다.

소년의 말처럼 자신의 죽음이 알려지고 이번 사건이 종결이 된다면, 한동안 이곳에 몸을 의탁하고 후일을 도모하는 것도 나쁠 것은 없었다.

이 아이가 다른 마음을 품는다면 그건 그때 가서 대처하면 되는 것이다.

흥미로운 아이였다. 어린애 주제에 몸에 품고 있는 힘도 범상치가 않았다.

아마 예전의 그라면 느끼지 못했을 것이다. 열여섯에 소드 마스터가 되었고 지금은 그레이트 마스터의 경지를 눈앞에 두고 있다.

하지만 얼마 전부터 잡힐 듯 말 듯한 그 경지는 도통 그의 손아귀에 떨어지지 않았다.

그러나 조금의 발전은 있어 전에는 몰랐던 어떤 흐름들이 보이기 시작했다. 살아 있는 인간은 물론, 모든 사물에게서 확실하지는 않지만 마나의 기운이 어렴풋이 느껴졌다.

무예를 수련하는 기사들에게서는 그것이 더욱 크게 느껴졌다. 마법사도 마찬가지였다. 심장에 마나를 쌓는다고 알려진 그들에게선 역시나 심장 주변에 그런 기운들이 많이 느껴졌다.

그런데 이곳의 영주라는 이 아이는 이도 저도 아니었다. 심장의 반대편인 오른쪽 가슴에, 그것도 남들에게서 느껴보지 못했던 거대한 기운이 느껴졌다.

몸을 보면 딱히 무예를 수련한 것 같지는 않았다. 마법을 익혔나 싶었으나 심장 주변은 깨끗했다.

궁금하지 않다면 그건 사람이 아닐 것이다. 하지만 그런 것을 묻는다는 게 실례임을 잘 알기에 물을 수가 없었다. 기회도 없었지만 말이다.

'그렇담 이왕 이렇게 된 거 이곳에 머물면서 알아볼 수밖에.'

"그래, 나를 어떻게 도와줄 거지?"

두 팔을 팔짱을 낀 채로 의자에 등을 기대며 라키아가 리안에게 물었다. 마음의 결정을 내린 듯 그의 모습은 한결 여유로웠다.

리안은 그제야 속으로 환호했다. 아직 완벽히 일이 마무리 된 것은 아니지만, 억울하게 죽을 뻔한 그를 살려냈다는 자부심에 리안은 진심으로 기뻤다.

더구나 그가 드디어 자신을 믿기로 마음먹지 않았는가.

"일단 알아보는 사람이 있을 수도 있으니까 얼굴에 변화를 줘야 할 것 같습니다."

"변장을 하라고?"

"아니요, 어수룩하게 변장을 했다가 들키면 외려 더 곤란할 테니 마법을 이용하는 게 좋겠어요."

"마법을?"

라키아가 알기로 마법으로 외모를 바꾼다는 건 꽤 어려운 일이다. 적어도 4서클 정도는 되어야지만 가능한 마법이기에, 할 수 있는 자가 거의 없다고 봐야 했다.

그런데 눈앞의 소년은 그것을 전혀 아무렇지도 않게 말하고 있었다.

"네, 머리칼과 눈동자 색 정도만 바꾸는 게 좋을 것 같습니다."

"……믿을 수 있는 자인가?"

조금 의심스럽긴 하지만 라키아는 일단 믿기로 한 것 리안의 말에 따르기로 했다.

"아직 초보이긴 해도 실수하지는 않을 겁니다."

"내 말은 마법사가 날 밀고할 가능성에 대해 묻는 것이다."

"그럼요. 그는 이미 당신의 존재를 알고 있는 걸요?"

"뭐야? 그럼 너와 그 매들린이라는 하녀 말고도, 나에 대해 아는 자가 또 있단 소리야?"

깜짝 놀란 듯 라키아의 눈이 크게 치켜떠졌다. 반면, 리안은 빙그레 웃으며 천천히 고개를 저었다.

"아니요, 당신의 존재를 아는 건 매들린과 저밖에 없습니다."

"……?"

"뭔가 착각하신 것 같네요. 이렇게 된 거 당신에 대해서 저도 비밀을 지켜줄 테니, 그쪽도 제 비밀 하나 정도는 지켜주세요. 그럼 말하겠습니다."

"뭔지 모르겠지만, 난 누구의 비밀 따위를 말하고 다니는 성격은 아니니까 안심해도 좋아."

당최 리안이 하는 말이 무슨 뜻인지 알 수 없었지만 라키아는 서둘러 고개를 끄덕이며 약속했다.

리안이 웃으며 말했다.

"제가 할 겁니다."

"응?"

'비밀을 말하라니까 다짜고짜 뭘 하겠다는 거야?'

라키아가 이해할 수 없는 눈으로 리안을 보며 인상을 쓸 때, 리안이 눈으로 그의 머리와 눈동자를 연이어 가리켰다.

잠시 그 뜻을 몰라 어리둥절하던 라키아는 어느 순간 발딱 몸을 일으켰다.

"그럼 그 마법사가……!"

"네, 라키아 님. 비밀은 지켜주세요."

아직 마법사라는 걸 드러내고 싶지 않았지만 지금으로선 다른 방도가 없었다. 여전히 놀란 얼굴을 하고 있는 라키아를 향해 리안은 조용히 시동어를 외쳤다.

"일루젼!"

갑자기 어디선가 살랑바람이 부는 듯한 느낌이 들며 라키아의 짧은 머리가 작게 휘날렸다. 그런 그의 머리칼은 점점

은색으로 변해갔고, 눈동자 또한 조금씩 청록색 빛을 띠기 시작했다.

일반적인 마법사라면 4서클은 되어야 시전이 가능한 이 마법은 일종의 환각 마법이었다.

다른 사람의 눈에는 라키아의 머리색과 눈색이 변한 것으로 보이지만, 실상은 변한 것이 아니라 그렇게 보이도록 만든 것이다.

리안은 라키아가 깨어나는 대로 마법을 사용할 수 있도록 그동안 남몰래 연습을 해왔다.

마법 자체의 수식이 어려울 뿐 들어가는 마나의 양이 많은 편은 아니라서 몇 번 연습한 끝에 별로 어렵지 않게 성공할 수 있었다.

주문조차 외우지 않고 바로 시동어를 외친 자신을 라키아가 이상하게 여기는 것도 모른 채, 리안은 흐뭇한 얼굴로 라키아의 변한 모습을 감상했다.

         *   *   *

"마법은 누구에게서 배웠지?"

리안과 함께 서재에서 식사를 하던 도중 라키아가 뜬금없이 물었다.

역시 타고난 귀족은 다른 걸까? 그저 접시에 담긴 고기를 썰어 입으로 가져갈 뿐인데도, 라키아의 동작에선 왠지 모를 우아함과 기품이 느껴졌다.

"마법에 대한 얘기라면 언젠가 모두 말씀드릴 날이 올 겁니다. 그러니 더 이상 묻지 말아주십시오."

"또 같은 소리군."

벌써 며칠째 똑같은 대답만 하는 리안에게 질렸다는 듯 라키아가 신경질적으로 입안의 고기를 씹어댔다.

"그나저나 답답하지는 않으세요?"

"좀이 쑤시긴 하지만 아직은 그럭저럭 버틸 만해. 그동안 도망 다니느라 좀 바빴어야지."

지금 생각해도 그때의 기억은 악몽이었다. 아버지가 역모에 가담했다는 말을 처음 전해 듣고 황도의 저택에서 황군과 맞서 싸웠을 때보다, 누명을 쓴 채로 도피 생활을 하는 것이 몇 배는 더 힘이 들었다.

마음 놓고 거리를 거닐 수 있다는 것 자체가 얼마나 소중한 것인지 경험해보지 않은 자는 절대 모른다.

이번 일을 통해 라키아는 자신의 의지가 얼마나 박약한지에 대해서도 뼈저리게 느꼈다.

어린 나이에 소드 마스터가 되어 남들보다 의지력이 강하다고 내심 자부하며 살아왔었다.

하지만 힘든 도피 생활은 절로 삶에 대한 포기를 생각하게 했다. 얼마 전까지만 해도 제국의 촉망받는 인재로 모두의 시선을 한 몸에 받았던 자신이 말이다.

그러나 이제 다시는 그런 생각을 하지 않으리라 마음먹었다. 자신을 위해 애쓰고 있을 황제 폐하를 생각해서라도 끝까지 살아남아 돌아갈 것이다.

그래서 자신을 이렇게 만든 자들에게 반드시 두 배, 세 배로 갚아줄 작정이었다.

'리안이라고 했지?'

고기 한 점을 다시 입으로 가져가며 라키아가 리안의 모습을 살폈다. 그러고 보니 녀석에게 아직 고맙단 인사도 하지 못했다.

추격대가 황도로 회군한 지 보름 정도가 흘렀다. 그동안 라키아가 본 리안이란 녀석은 적어도 겉과 속이 다른 녀석은 아니었다.

다른 마음을 품기는커녕, 자신이 누명을 벗을 때까지 군소리 없이 도와줄 녀석이었다.

리안은 자신조차 이해가 가지 않을 정도로 자신의 결백함을 믿고 있었다. 물론 누명이 맞긴 하지만, 일절 만나본 적도 없는 자신을 어떻게 그렇게까지 믿을 수 있는지 신기할 정도였다.

아마 앞으로 녀석에게 많은 도움을 받게 될 것이다.

'훗, 심심하지는 않겠군.'

녀석처럼 비밀이 많은 사람을 라키아는 본 적이 없었다. 뭐 하나 시원스레 대답해주는 것은 없지만, 스스로 하나하나 알아가는 것도 꽤 재밌으리라.

"앞으로는 라키라고 불러."

"……?"

예고도 없이 불쑥 하고픈 말만을 하는 것은 라키아의 주특기 중 하나였다. 리안이 갑자기 무슨 소리냐는 듯 고개를 들어 그를 바라봤다.

"지금이야 몸을 사리느라 이렇게 숨어 지내지만, 영지가 잠잠해지면 나도 밖으로 나가야지. 그때 사람들 앞에서 내 본명을 부를 셈이야?"

"그거야 당연히 아니지요. 안 그래도 저도 새로운 이름을 지어야 하나 고민하던 참이었습니다."

"새로 지을 필요 뭐 있어. 그냥 간단하게 라키로 하자고. 그리고 그 말투 말인데, 앞으로는 존댓말 쓰지 마."

"그건 나중……."

"아니, 지금부터 연습해. 둘만 있을 때도 반말을 하는 습관을 들여야지 나중에 실수하지 않는다고."

"하지만……."

리안의 난처한 표정에도 불구하고 라키아는 단호히 고개를 저으며 말을 이었다.

"그리고 내 직업 말인데, 너의 호위기사 어때? 정식 작위는 받지 않았지만, 실력이 있는 것 같아서 네가 데려왔다고 하면 될 것 같은데. 뭐, 작위야 네가 따로 내려도 되고."

"저야 라키아 님만 좋다면 괜찮습니다."

"라키라니까?"

"아, 네……."

"네가 아니고 응. 자, 따라 해봐. 응!"

"……으응."

왠지 따라하지 않으면 안 될 것 같아 리안은 어쩔 수 없이 시키는 대로 말했다.

하지만 말투라는 게 어디 한순간에 바뀔 수 있는 것인가. 아직은 어색하고 불편한 것이 사실이었다.

그런 리안의 속을 아는지 어쩐지 라키아의 얼굴에는 흡족한 기색이 떠올랐다.

"그래, 당장은 어렵겠지만 계속 그렇게 하다 보면 익숙해질 거야. 아 참, 그리고 이거 돌려줄게."

식사를 거의 마쳤을 때쯤 라키아가 자신의 왼손에 끼고 있던 반지를 빼 리안에게 건넸다. 그를 발견했던 날 리안이 레어에서 가져온 아티팩트, 봄날의 오후였다.

"상처도 거의 아물었고 기력도 대충 돌아왔으니 이젠 필요 없을 것 같아서. 반지 덕분에 평소보다 두 배는 더 빨리 나은 것 같아. 그거 아티팩트, 맞지?"

반지에서 흘러나오는 마나의 기운은 라키아도 분명 느낄 수 있었다.

마법에 대해선 워낙 무지해 잘은 모르지만, 상처를 치료하는

데 도움이 되는 아티팩트라면 그저 그런 아티팩트는 아닐 것이다.

게다가 그런 귀한 것이라면 고위 귀족쯤은 되어야만 소유할 수 있을 정도로 희귀하다고 알고 있다.

마법사이니 충분히 가능성은 있지만, 그런 대단한 것을 어떻게 이런 변두리의 영주가 갖고 있는지 라키아는 새삼 궁금했다.

"도움이 되었다니 다행이네요."

리안은 라키아의 물음을 모른 척 넘기며 반지를 주머니에 넣었다. 본의 아니게 남들에겐 비밀인 것을 그에게는 많이 들키는 것 같아 얼굴이 조금 화끈거렸다.

다행히도 라키아는 반지에 대해선 더 이상 자세히 묻지 않았다. 아마도 마법처럼 리안이 시원스레 답변해주지 않을 것임을 본능적으로 알아챈 것일지도 몰랐다.

리안이 일부러 화제를 돌리려는 때였다.

똑똑.

서재로 누군가 방문객이 찾아왔다.

"잠깐만!"

리안의 음성이 떨어지기가 무섭게 라키아는 얼굴을 찌푸리며 책꽂이 쪽으로 급히 몸을 숨겼다.

아직 그의 존재에 대해서 성에서 아는 사람이라곤 리안과 매들린뿐이었기에, 매번 이럴 때마다 라키아는 투덜거리며 몸을 감춰야 했다.

그나마 리안이 서재에서 책을 읽는다는 핑계로 식사가 서재에 차려졌기에 먹는 것으로는 별 문제가 없었다.

나중에 안 사실이지만 라키아는 엄청난 대식가였다. 체구가 큰데다가 근육 양이 많아서인지 리안보다 무려 두세 배는 더 먹는 것 같았다.

리안도 먹는 거라면 어디 가서 빠지는 편은 아니었지만 이건 차원이 달랐다.

원래 서재에 식사가 차려지면 리안은 보통 삼분의 일 정도만 먹고는 했다. 리안이 적게 먹는다기보다 차려지는 양이 그만큼 많기 때문이었다.

하지만 그 많은 양도 라키아가 가세하자 모자라기 시작했다. 그래서 며칠 전부터는 아예 평소 양의 두 배가 올라오고 있었다. 다들 말은 하지 않지만 아마 주방에서 자신을 먹보라고 놀리고 있을지도 모를 일이었다.

"응, 이제 들어와."

리안은 이제 막 식사를 끝낸 척 물을 마시고 입가를 닦았다.

"맛있게 드셨습니까?"

서재를 찾은 것은 알만이었다. 빈 접시만이 가득한 식탁 위를 묘한 눈길로 바라보며 그가 들어왔다.

"보다시피. 알만은?"

"아직 식사 전입니다. 내려가는 대로 하인들과 함께 먹을 생각입니다."

"식사는 꼭 때 거르지 말고 챙겨 먹어. 그보다 무슨 일이야?"

"아, 지금 막 황도에서 소식이 도착했습니다. 내일 찾아뵐까 하다가 궁금해하실 것 같아서 지금 올라왔습니다."

"황도?"

황도에서 온 소식이라면 이번 역모 사건에 관한 일일 것이다. 기다리던 소식에 리안의 눈이 대번에 크게 떠졌다.

그건 서가 뒤에 숨은 라키아도 마찬가지였다. 둘의 귀가 알만을 향해 쫑긋 세워졌다.

"네, 추격대가 운반해 간 시체를 가지고 다들 의견이 분분했지만, 결국에는 라키아의 죽음을 공식적으로 인정하고 이번 역모 사건을 종결시키기로 했다는 소식입니다."

"그래?"

혹시나 일이 잘못되면 어쩌나 걱정을 했었는데 다행히 생각대로 잘 풀린 듯했다. 남아 있던 긴장이 그제야 풀리며 리안의 입가에 미소가 떠올랐다.

하지만 그 미소는 다음 순간 싹 사라졌다.

"그러니 더 이상 라키아 님께선 숨어 지내시지 않으셔도 될 것 같습니다."

'헉!'

숨어 있던 라키아나 리안이나 둘 모두 일순 정지 마법에라도 걸린 것처럼 뚝 몸이 굳었다.

모를 거라고 생각하지는 않았다.

라키아를 대신할 시체를 구해준 것은 다름 아닌 알만이었다. 바보가 아닌 이상 누구라도 눈치챘을 것이다.

그래도 차마 알만에게 드러내놓고 말할 수 없었던 것은, 그가 반대를 할까 두려워서였고, 그런 알만을 설득시킬 자신이 없어서였다.

만약 처음부터 리안이 라키아를 살리기 위해서 시체를 찾아달라고 부탁한 것을 알았다면, 알만은 들어주지 않았을지도 모른다. 그에게는 무엇보다 리안의 안전이 우선일 테니까.

"역시 알고 있었네."

"처음에는 몰랐습니다."

"그랬겠지. 그때 알았다면 내 부탁 안 들어줬을 거잖아."

"……."

대답이 없는 것을 보니 역시 생각이 맞았다.

"라키아 님, 그만 나오세요."

알만이 알고 있는 마당에 굳이 숨어 있을 필요가 없었다. 리안이 부르자 라키아가 어슬렁어슬렁 걸어 나왔다.

자연스레 그를 향해 시선을 돌렸던 알만의 눈에 놀라움이 번졌다. 그도 그럴 것이 라키아라면 포고문에 붙은 초상화를 통해 이미 얼굴을 알고 있었다.

하지만 책장 뒤에서 나온 사내는 얼굴은 비슷할지 모르나,

머리색과 눈색이 완전 달랐다.

알만 본인이 시체까지 구해왔으니 기억은 정확했다. 분명 회색빛 머리칼에 남청색 눈동자였다.

이해할 수 없다는 알만의 시선이 리안에게로 쏘아졌다. 그 이유를 충분히 알기에 리안이 대충 설명했다.

"머리색과 눈동자 색을 좀 바꿨어. 감쪽같지?"

"……어떻게 하신 겁니까?"

"글쎄, 그건 라키아 님께 물어봐야 할 것 같은데?"

자신은 모르는 일이라는 듯 어깨를 으쓱이며 리안이 슬쩍 라키아를 가리켰다. 알만의 성격상 라키아에게 대놓고 묻지는 못할 것이기에 일부러 핑계거리로 삼은 것이었다.

과연 별다른 말없이 알만이 라키아를 향해 고개를 숙이며 뒤늦은 인사를 올렸다.

죄인이라고 알려져 있긴 하나 일단 그는 귀족이었고 영주인 리안이 손님 대접을 하고 있었다. 집사인 그에겐 선택권이 없었다.

"황도에 대한 소식은 그게 다인가?"

가벼운 턱짓으로 알만의 인사를 받으며 라키아가 물었다. 자신의 존재가 드러났음에도 그의 태도는 한없이 당당했다.

알만은 잠시 머뭇거리는 듯했지만 예를 갖춰 대답했다.

"네, 라키아 님의 도주가 오래 지속되는 바람에 다들 지친 듯, 서둘러 일을 마무리하기로 결정을 하였다고들 합니다."

"폐하께선 뭐라 하셨다고 하던가?"

"그건 저도 잘……."

아주 잠시였지만 라키아의 눈가에 아쉬움이 스치는 것이 보였다. 그를 대신해 리안이 부탁했다.

"알만, 수고스럽겠지만 폐하께서 요즘 어떻게 지내시고 계신지도 좀 알아봐줘. 되도록이면 상세하게. 그리고 전에 내가 한 말 아직 기억하지?"

"……?"

"날 믿으라는 말 말이야."

"……네, 기억하고 있습니다."

"언젠가 될지는 모르지만, 분명 알만이 날 이해하는 날이 올 거야. 그때까지만 지금처럼 날 믿고 따라와 줘."

지금 리안은 라키아에 대한 이야기를 돌려서 말하는 중이었다. 그때까지만 라키아의 존재를 묵인해 달라고, 더 이상 아무것도 묻지 말아 달라고, 지금 리안은 그런 부탁을 하고 있는 것이었다.

시체를 구해다 주었을 때처럼 먼저 손을 든 쪽은 결국 알만이었다.

"사람들에겐 어떻게 소개하실 겁니까?"

"안 그래도 미리 생각해 봤는데, 호위기사가 어떨까?"

"으음, 딱 어울리는 것 같긴 합니다."

"그렇지? 라키아 님이 직접 생각해내신 거야."

"이봐, 라키라니까."

알만도 있고 해서 처음 몇 번은 봐주었지만, 리안이 계속 본명을 말하자 결국 라키아가 인상을 쓰며 끼어들었다.

아무도 보지 못했지만 동시에 알만의 미간에 작은 주름이 잡혔다.

"아, 그렇지. 라키. 알만, 알만도 이제부터는 라키라고 불러. 라키아란 이름이 제국에 하나뿐인 것은 아니지만 그래도 조심해서 나쁠 건 없으니까. 알았지?"

"네, 그렇게 하겠습니다."

"그리고 머리색과 눈색을 바꿨다고 해도 당분간은 이대로 지내는 게 좋겠어. 라키아, 아니, 라키의 존재는 조금 더 시간이 지난 후에 드러내는 게 나을 것 같아."

"저도 같은 생각입니다."

"응, 그럼 어서 내려가서 식사하도록 해. 내일은 뱅크에 대해 본격적으로 논의를 시작할 테니깐 미리 준비해주고."

라키아의 일도 어느 정도 마무리가 되었으니 이제 슬슬 뱅크 사업에 신경을 써야 할 때였다. 뱅크를 차리기 위해서는 서둘러서 준비해야 할 게 한두 가지가 아니었다.

"뱅크라면 설리번 뱅크의 그 뱅크를 말하는 건가?"

알만이 나가자 라키아가 리안을 향해 돌아서며 물었다.

"응, 그 뱅크 맞아."

"근데 무슨 논의? 설마 뱅크를 차린다는 거야?"

자신이 지금 무슨 말도 안 되는 소리를 들었냐는 듯 라키아가 얼굴을 살짝 찌푸렸다.

"왜, 뭐가 이상해?"

"당연하지. 너 뱅크를 차리려면 돈이 얼마나 많이 필요한지 알고는 있는 거냐?"

검술의 천재답게 20년 평생을 무예수련에만 쏟은 라키아지만, 그도 그 정도는 알고 있었다. 뱅크라는 건 절대 이런 변두리 영지의 주인이 시작할 수 있는 사업이 아니었다.

단순한 고리대금업이라면 또 몰라도, 뱅크를 차렸다가는 순식간에 망할 것이 분명했다.

"돈도 돈이지만, 너 같은 어린애가 그걸 차리겠다고?"

라키아는 진심으로 믿지 않는 분위기였다. 하긴, 어찌 보면 이해가 가기도 했다.

숨어 지내느라 제대로 살피진 못했어도 리안의 영지가 얼마나 낙후되었는지는 그도 이미 보았을 것이다. 이런 영지의 주인이니 돈이 없다고 생각하는 게 당연했다.

게다가 라키아가 보기에 리안은 고작 열다섯 살의 어린 영주였다. 그보다 무려 10년이나 더 산 서른 살의 어른이라고는 상상도 하지 못할 것이다.

그런 그에게 무슨 말을 더 하리오. 리안은 바지를 툭툭 털며 자리에서 일어났다.

"뭐, 그건 두고 보면 알게 되겠지요. 아니, 알게 되겠지. 그럼 난 이만 씻으러 나가볼 테니 나중에 보자고."

수상쩍은 눈빛이 뒤통수로 마구 쏟아졌지만, 리안은 모른 척 일부러 천천히 문을 열고 밖으로 나갔다.

내일부터가 진짜 시작이었다. 라키아의 일도 이제 일단락되었으니 지금부터 신경 써야 할 일은 뱅크였다.

제2화

준비

아침이 밝았다.

리안은 여느 때처럼 라키아와 함께 서재에서 식사를 마친 뒤 어머니의 침실로 향했다. 보통은 그저 문안 인사 겸 찾아뵈는 것이지만 오늘은 나름의 특별한 이유가 있었다.

"오빠, 왔어?"

언제나 그렇듯 레지나가 제일 먼저 그를 반겼다. 동생의 목소리가 평소보다 작은 것으로 보아 어머니께서 아직 주무시는 모양이었다.

덩달아 리안의 목소리도 작아졌다.

"아침은 드시고 주무시는 거야?"

"응, 오늘은 꽤 많이 드셨어. 아마 그래서 더 주무시는 것 같아."

"그래, 네가 항상 수고가 많다."

동생의 길고 부드러운 갈색 머릿결을 다정하게 쓸어주며 리안은 그제야 안도의 목소리를 내뱉었다.

주무시고 계신 모습에 행여 몸이 더 안 좋아지신 것은 아닐까 내심 걱정했었다. 다행히 얘기를 들어보니 평소보다 많은 양을 드시고 식곤증이 오신 모양이었다.

"너는 먹었고?"

레지나와 함께 조용히 옆방으로 자리를 옮기면서 리안이 물었다. 어머니의 식사를 챙긴답시고 오히려 동생이 식사를 거를 때가 있다는 것을 리안은 얼마 전에서야 알게 되었다.

그래도 그때마다 크게 화를 낸 덕분인지 레지나가 배시시 웃으며 장난스럽게 배를 두드렸다.

"그럼, 당연하지. 너무 많이 먹어서 배가 이만큼이나 나왔는걸."

전에는 식사를 하든 말든 신경조차 쓰지 않던 오빠가 처음으로 화를 냈을 때 레지나는 무척 황당했다. 어머니와 자신에게는 언제나 무관심하기만 했던 오빠였기 때문이다.

밥 한 끼 거른다고 해서 죽는 것도 아닐 텐데, 오빠는 이상할 정도로 먹는 것에 집착했다.

자신이 식사를 하지 않았다는 사실을 하녀를 통해 알기라도 하는 날에는 득달같이 찾아와 반드시 먹는 모습을 보고서야 돌아가기도 했다.

처음에는 그런 행동이 어이도 없고 조금 짜증이 나기도 했지만, 그것이 자신을 생각하는 오빠의 마음임을 그녀도 이제는 안다.

철없던 시절 자신밖에 모르던 오빠의 모습은 사라지고 없었다.

언젠가부터 레지나는 느낄 수 있었다. 어머니와 자신을 향한 오빠의 진심을.

자신의 오빠는 분명 달라졌다.

그것도 아주 멋진 모습으로.

"녀석, 잘했다. 자, 여기 앉아봐."

배를 내미는 익살스런 동생의 모습에 리안이 피식 웃으며 그녀를 의자에 앉혔다. 그리고 주머니에서 무언가를 꺼내 그녀에게 건넸다.

"어? 반지네?"

리안이 내민 것은 어제까지만 해도 라키아가 끼고 있던 봄날의 오후였다.

"나 주는 거야?"

어린 그녀가 끼기에는 화려한 느낌이 들긴 했지만, 오빠가 주는 첫 선물이기에 레지나는 싫은 내색하지 않고 일단 받았다.

하지만 반지는 그녀를 위한 선물이 아니었다.

"미안하지만 아닌데 어쩌지?"

"……?"

"어머니께 드릴 거야. 지금은 주무시고 계시니까, 일어나시면 네가 대신 좀 전해드리라고."

"아아, 난 또. 근데 엄마 이런 거 귀찮다고 안 하실 텐데……."

몸져누운 후로 외출이 전혀 없기도 했지만, 그들의 어머니인 오웬은 원래가 반지니 귀걸이니 하는 액세서리를 몸에 두르는 것을 좋아하는 성격이 아니었다.

건강했던 시절에도 파티에 참석할 때나 간혹 착용했지, 평소 결혼반지 외에는 거의 관심을 두지 않았다.

이전에는 몰랐던 사실에 리안은 조금 당황스러웠지만 이대로 물러설 수는 없었다. 어머니를 낫게 하기 위해서 반지는 꼭 필요한 것이었다.

잠시 고민하던 리안은 눈을 빛내며 말했다.

"레지나, 너도 어머니가 어서 일어나셨으면 좋겠지?"

"갑자기 무슨 소리야?"

너무나 당연한 것을 묻자 레지나가 이상하다는 듯 리안을 쳐다봤다. 리안은 그런 동생을 향해 차근차근 의미심장한 목소리로 설명했다.

"이건 그냥 단순한 반지가 아니야. 내가 오래전부터 수소문해서 어렵게 구한 반지라고."

"어렵게?"

"그래, 아티팩트라고 하면 알아듣겠니?"

"……아티팩트?"

똑똑한 레지나가 어찌 아티팩트를 모를까. 마법에 대해서는 몰라도 아티팩트라면 분명하게 알고 있었다.

레지나는 직접 듣고도 믿어지지가 않았다.

'이게 아티팩트라고?'

반지를 든 그녀의 손이 충격으로 부르르 떨렸다. 리안의 설명이 계속 이어졌다.

"환자의 기력을 북돋아주는 마법이 걸려 있는 반지야. 지금 어머니에게 딱 필요한 거라고 할 수 있지. 너도 알다시피 어머니께서 어디가 특별하게 아프신 건 아니잖아. 외상이 있으신 것도 아니고. 이 반지만 끼시면 조만간 운신하실 수도 있을지 몰라."

"그, 그게 정말이야?"

놀람이 채 가시기도 전, 어머니가 운신할 수 있을 거란 말을 듣자 레지나는 흥분해 소리쳤다.

다리에 힘이 없어 누군가의 도움 없이는 침대에서 내려오지도 못하는 엄마였다. 그런 엄마가 홀로 일어날 수만 있다면 무엇이든 다 하겠다고 매일같이 빌었다.

아직 확실한 것은 아니지만 가능성은 있었다. 오빠가 어떻게 해서 이런 귀한 것을 구해 온지는 모르지만, 이미 그녀의 머릿속은 다른 생각으로 꽉 찼다.

반드시 반지를 엄마의 손에 끼워 병을 낫게 하고 말겠다는 의지만이 그녀의 머릿속을 채웠다.

"그러니까 어머니가 싫어하시더라도 이 반지를 꼭 끼시게 만들어야 해. 그리고 혹시 걱정하실지도 모르니까 반지에 대해서는 자세히 말씀드리지 말고."

또래보다 영리하고 철이 든 동생이긴 해도 그녀는 아직 어렸다. 더구나 어머니를 위한 일이니 별달리 생각하지 않고 자신을 따라줄 것이다.

하지만 어머니는 다르다.

요즘은 간단한 아티팩트라도 구하기 힘든 세상이었다. 반지의 실체에 대해 아시게 된다면 어디서 그런 귀한 것을 얻었냐고 닦달을 하실 게 분명하다.

반지에서 마나가 흘러나오긴 하나 범인들은 느끼지 못한다. 어머니 또한 그러실 것이다. 그러니 레지나만 입을 다물면 모든 게 조용히 지나갈 수 있었다.

"알았어, 나만 믿어. 억지로라도 엄마 손가락에 꼭 끼게 하고 말 거니까."

벌써부터 레지나는 방법을 연구 중이었다.

"그래, 너만 믿는다. 꼭 성공해야 해."

그렇게 남매는 모종의 계략을 꾸미고 각자 방을 나섰다. 레지나가 향한 곳은 다시 어머니의 침실이었고, 리안은 서재로 향했다.

*   *   *

보통 리안이 알만과 회의를 하는 장소는 그의 집무실이었다. 그러나 오늘은 알만에게 존재가 들통 났으니 더 이상 숨을 필요가 없지 않느냐는 라키아의 의견에 따라 서재에서 회의를 하게 되었다.

"그동안 제가 준비해 온 보고서입니다."

알만은 서재에 들어오자마자 리안에게 서류철을 하나 넘겼다. 내용은 예상대로 뱅크를 열기 위해서 사전에 준비해야 할 것들에 대해 설명하고 있었다.

"내가 생각하던 것과 거의 비슷하네. 일단 가장 시급한 것부터 시작해야겠어."

"시급한 것이라면……?"

"당연히 직원 교육이지."

뱅크를 열기 위해서 가장 중요한 것을 꼽으라면 단연 돈이었다. 자본금이 없다면 뱅크를 시작조차 할 수 없을 테니 말이다.

하지만 돈이야 없으면 구하면 되는 것이기도 하다. 그러다 보니 가장 신경을 써야 할 게 뱅크에서 일을 할 직원들을 채용하는 것과 그들을 교육시키는 것이었다.

글을 모르면 가르쳐야 할 것이고, 직업의 특성상 회계 업무도 반드시 알고 있어야 했다.

거기에 돈을 관리하는 곳이다 보니 경비에 소홀하면 강도가 들 수도 있었다. 실제로 해마다 여러 뱅크에서는 경비가 취약해진 틈을 타 강도사건이 벌어지고 있었다.

뱅크 사업을 하는 데 능력 있는 가드를 채용하는 것은 필수 요건이라고 할 수 있었다.

"일단 각 마을에서 사람을 뽑아 글을 가르치는 것이 좋겠어."

"그 말씀은 영지민들을 고용하시겠다는 말씀인가요?"

지금껏 뱅크를 열게 되면 타 뱅크에서 일하고 있는 자라던가, 경험이 있는 자들을 우선으로 채용해서 사업을 시작할 거라고 생각한 알만이었다.

그가 뜻밖이라는 듯 눈을 껌벅거렸다.

"응, 그럴까 하는데, 왜?"

"시간이 좀 오래 걸리지 않을까요?"

"글쎄. 한 이삼 년 정도 생각하고 있는데, 무리이려나?"

"흠……. 글에다가 회계 업무까지 배우려면 만만치 않을 텐데요."

알만은 조금은 회의적인 반응이었다. 그러나 리안은 가능성이 있다고 생각했다.

그 또한 열다섯에 주인에 의해 글을 배우지 않았던가.

기억하기로 거의 반년 만에 그는 혼자의 힘으로 책을 읽는 데 성공했다.

"아니야, 그 정도면 모자라지는 않을 거야. 1년 안에 글을 익히고, 남은 시간에 회계 업무를 차근히 배운다면 가능할 거야."

"그럴까요?"

"만일 시간이 더 필요하면 그때 가서 다시 생각하면 되잖아. 일단은 그렇게 계획을 잡고 실행하도록 해. 그리고 이건 내 개인적인 생각인데, 학생들에게도 급료를 지불하는 게 어떨까?"

"급료를요?"

"원래는 그 반대가 돼야 하는 거 아니야?"

알만이 고개를 갸우뚱거렸고, 라키아가 이해가 안 간다는 듯 인상을 찌푸렸다. 리안은 조근조근 자신의 생각을 털어놓았다.

"잘 생각해 봐. 이삼 년 후에 뱅크에서 일을 할 수 있으려면 적어도 지금 나이가 열다섯 이상은 되어야 할 거야. 게다가 그 나이라면 현재 다들 집에서 제몫의 일을 하고 있다던가, 자신의 일을 갖고 있을 거야. 그런 자들이 글을 배우기 위해 일을 그만두면 집안이 어려워지지 않겠어? 아마 글을 배우고 싶어도 포기하는 경우가 생길지 몰라. 그러니 공부가 끝날 때까지 얼마 정도는 지원을 해주는 게 어떨까 하는데."

"음, 듣고 보니 일리가 있습니다. 제가 미처 거기까지는 생각을 못했네요."

"알만이야 워낙 바쁘니까. 일종의 투자 개념이라고 생각하면
될 거야. 다들 뱅크를 위해 열심히 일할 일꾼이 될 테니까.
그럼 내 뜻에 찬성하는 거지?"

"그럼요. 대찬성입니다."

해맑게 웃는 리안을 향해 알만은 흐뭇한 미소로 화답했다.

"공고문을 보낼 때 꼭 잊지 말고 급료에 대해 거론해. 그래야
아마 사람들이 더 몰릴 거야."

"네, 영주님. 이왕이면 똑똑한 인재가 몰릴 수 있도록 계획을
짜봐야겠습니다. 그리고 이삼 년 후로 개업 시점을
잡으셨으니, 영주님 말씀처럼 모집 인원은 열다섯 살 이상이
좋을 것 같습니다."

"응, 지금은 처음이니까 어쩔 수 없이 그렇게 하고, 사업이
안정되면 그땐 아예 어릴 때부터 다닐 수 있는 아카데미를
세워야겠어."

"아카데미를요? ……여기에 말입니까?"

순간 얼마나 놀랐던지 알만은 사레들린 듯 기침까지
토해냈다. 그건 라키아도 마찬가지였다.

그도 그럴 것이 아카데미란 일종의 귀족들의 전유물과도
같은 것이기 때문이다.

평민이라면 아예 입학조차 할 수 없는 것은 물론, 귀족이라도
몰락 귀족은 들어갈 수 없는 곳이었다. 그 어마어마한 학비를

감당할 수가 없을 테니 말이다.

보통 아카데미는 각 나라의 수도나 큰 도시에 있는 것이 일반적이었다. 제국에도 총 네 개의 아카데미가 존재하는데, 그중 두 개가 황도에 있었고, 나머지는 제국의 두 공작령에 하나씩 존재했다.

리안은 지금 그런 것을 만들겠다고 선언한 것이다.

"응, 다른 곳처럼 귀족들만이 다닐 수 있는 아카데미가 아니라 평민들도 다닐 수 있는 곳을 만들 거야."

"평민들이 그 비싼 돈을 내고 아카데미를 다닐 수 있겠냐?"

어이없어하는 라키아의 말에 리안은 외려 되물었다.

"누가 비싸대?"

"뭐?"

"더 자세한 건 그때 가봐서 생각해 봐야겠지만 학비를 비싸게 할 생각은 없어. 아카데미만 세워놓고 파리만 날리게 할 수는 없지. 난 그저 평민들에게도 배움의 기회를 주고 싶을 뿐이야."

"영주님……!"

날벼락 같은 말이지만 알만은 크게 감동을 받은 눈치였다. 세상의 어느 영주가 이처럼 멋진 말을 할 수 있단 말인가!

알만은 이 순간 진정 자신의 영주가 자랑스러웠다. 영지민들을 향한 리안의 진실된 마음이 느껴졌다.

반면 라키아는 조금은 이상한 눈빛으로 리안을 바라봤다.

'평민에게도 배움의 기회를 주고 싶다고?'

그 같은 말을 라키아는 태어나 처음 들었다. 물론 제국의 평민 모두가 글을 모르는 것은 아니었다.

상인이나 각 영지에 소속된 관리들, 황궁에서 일하는 자 대부분이 글을 안다. 글을 알지 못하면 업무를 볼 수가 없기 때문이다. 간단한 서류 한 장을 작성하는 것도 글을 모르면 불가능했다.

아카데미를 다니지는 않았지만 그들은 모두가 필요에 의해서 글을 익히고 배운 것이었다.

하지만 리안의 말에서 라키아가 느낀 것은 뭔가 달랐다. 꼭 필요해서가 아니라, 마치 귀족들처럼 평민이라도 누구나 다닐 수 있는 아카데미를 설립하겠다는 말로 들렸다.

볼수록 이상한 녀석이었다. 몸이 나아지고 성내를 둘러본 결과 라키아는 놀란 점이 한두 가지가 아니었다.

일단 하인들의 옷차림이 그랬다. 누구 하나 더럽고 해진 옷을 입고 있는 자가 없었다.

남자, 여자, 어른, 아이 할 것 없이 모두가 깔끔하고 단정한 옷차림으로 맡은 일을 수행하고 있었다.

하인들에게조차 먹는 것을 아끼지 않는다는 말을 들었는데, 그 말처럼 건강 상태도 무척 좋아 보였다.

황궁 기사단으로 활동하면서 여러 영지를 다녀봤지만 이토록 하인들에게 관대한 영주는 라키아 평생 처음이었다.

글을 가르치면서 돈까지 주겠다는 녀석이 아닌가?

그런데 그것도 모자라서 평민들을 위한 아카데미까지 설립할 생각이라니. 도무지 그 속을 알 수가 없다.

대체 저 머릿속에는 뭐가 들어 있는 걸까?

보면 볼수록 신기한 녀석이 아닐 수 없었다.

라키아가 혼자만의 생각을 하며 고개를 설레설레 젓고 있을 때, 리안은 자못 심각한 얼굴로 다시 말을 꺼냈다.

"문제는 그들을 가르칠 선생들이야. 알만, 누구 없어? 알만은 주기적으로 뱅크도 다니고 하니 아는 사람이 있을 것 같은데."

"안 그래도 생각해 둔 사람이 한 명 있습니다. 선생이 아니라 지점장으로 생각했던 자인데, 보수만 알맞게 쳐준다면 선생도 맡아줄 것 같습니다."

"오, 잘 아는 사람이야? 누구?"

"예전에 설리번 뱅크에서 일을 했던 은퇴한 지점장입니다. 나이가 좀 있긴 하지만 워낙에 건강 체질이라 가르치는 데에는 크게 지장이 없을 겁니다."

"좋아, 그럼 일단 회계 업무는 그 사람에게 맡겨보도록 하고, 글과 무예는 어쩌지……."

리안이나 알만이 시간을 내볼까 생각도 했지만 둘은 워낙 바쁜 몸이었다. 글이건 무예건 둘 다 어느 정도 시간이 남아도는 사람이 필요했다. 그래야 학생들을 성의껏 가르칠 테니 말이다.

하지만 아무리 생각해도 그런 조건에 딱 들어맞는 사람은 없었다. 그렇다면 하는 수 없다. 선생도 학생처럼 모집을 하는 수밖에.

"어쩔 수 없네. 학생보다 선생을 먼저 구해야겠어, 알만. 모집 공고를 하면 글을 아는 사람 몇몇은 구할 수 있을 거야. 그리고 무예 쪽은 일단 오스왈트에게 부탁하는 게 좋겠어."

"오스왈트 님만으로 되겠습니까? 적어도 가르칠 선생이 한 명 정도는 더 있어야 하지 않을까요?"

"그러면 물론 좋겠지만 다른 기사들에게 부탁하는 것은 무리야. 오스왈트야 내 부탁이니 들어주는 거지, 어디 기사들이 그런 부탁을 들어주겠어?"

리안의 영지에는 오스왈트까지 총 다섯 명의 기사가 있었다. 백작령 치고는 무척 적은 수이긴 하지만 변두리 영지인 점을 감안한다면 적당한 수이기도 했다.

마음 같아선 그들이 선생이 되어 도움을 주었으면 하는 바람이지만, 자고로 기사란 자존심이 하늘을 찌르는 자들이었다.

더구나 마법이 쇠퇴한 반면 무예는 반대로 가치가 더욱 높아졌다. 평민이 절대로 귀족이 될 수 없는 세상이지만, 딱 하나. 그가 소드 마스터라면 이야기는 달라진다.

낮게는 백작이나 후작, 높게는 공작까지도 가능하게 만드는 것이 지금의 세태였다.

무예가 숭상시되는 시대에 기사들 보고 뱅크의 가드를 가르치라고 하다니, 절대 불가능한 일이었다.

지금도 그들이 하는 일이라곤 고작 수련을 한다거나 병사들의 훈련을 지켜보는 것이 다이지만, 리안의 부탁을 들어줄 리 없었다.

물론 리안이 명한다면 가능할 수도 있긴 하다. 하지만 그건 그들의 진심도 아닐 것이고, 리안도 강압적으로 일을 처리하기는 싫었다.

"그럼 라키아 님은 어떨까요?"

"……응?"

용병이라도 고용을 해야 하나 고민을 하는 찰나, 알만의 갑작스런 발언에 리안의 고개가 라키아를 향해 돌아갔다.

라키아가 선생을 한다? 입가에 절로 미소가 지어지는 게 나쁘지 않은 생각이었다.

하지만 본인은 그럴 생각이 전혀 없어 보였다.

"나보고 그걸 하라고?"

황당하다는 듯 라키아가 검지로 자신의 가슴을 찍으며 있는 대로 얼굴을 찡그렸다.

리안이 속으로 '그럼, 그렇지' 하고 생각하는 순간, 알만의 입에서 엄청난 말발이 쏟아져 나왔다.

"네, 폐하의 검술 선생이셨다고 들었습니다. 라키아 님의 실력이야 이미 정평이 나 있으니 시험해 볼 것도 없을뿐더러, 검술 선생을 하셨다면 학생들을 가르치는 요령 또한 잘 아실 것이 아닙니까?"

"이봐, 누가 되고 싶어서 폐하의 검술 선생이 된 줄 알아? 그게 다 폐하께서 원하셔서 억지로 그리된 거라고."

"어쨌든 검술 선생이셨던 것은 맞지 않습니까?"

"내가 원해서 한 게 아니라니까?"

"그래서 폐하의 검술 선생이 아니셨다는 말씀입니까?"

"……."

선생을 한 것은 맞는 사실이기에 라키아는 딱히 할 말이 없었다. 알만은 쐐기를 박았다.

"밥값은 하셔야지요."

'컥.'

알만이 밥값이라고 말하는 순간 리안은 그만 마시던 물을 그대로 뿜을 뻔했다.

누가 감히 천하의 라키아에게 밥값을 운운하며 강제로 일을 맡길 수 있겠는가. 장담컨대 그건 알만만이 가능하다고 리안은 생각했다.

역시 나이는 허투로 먹는 것이 아닌가 보다. 라키아를 향해 조금도 지지 않고 맞받아치는 알만의 모습은 리안에게는 감동 그 자체였다.

표정을 보니 알만은 왠지 통쾌해 보이기까지 했다.

아마 리안은 죽을 때까지 모를 것이다. 이 모든 것이 주인을 함부로 대하는 라키아에 대한 알만의 치졸한 복수인 것을.

실제로 라키아는 알만이 밥값을 들먹이자 할 말이 없어졌다. 우습게도 부정할 다른 어떤 말이 떠오르지 않았다.

그의 말대로 아무것도 하지 않은 채 밥만 축내고 있는 것이 라키아의 요즘 모습의 전부였다.

"그럼 일단 오늘 회의는 대충 마무리가 된 것 같네요. 내일 당장 각 마을에 공고문을 보내고, 글을 가르칠 선생을 서둘러 뽑아야겠습니다."

"응, 회계 업무를 가르칠 분도 섭외하는 거 잊지 말고."

"네, 영주님. 그럼 저는 이만 내려가 보겠습니다. 당분간 왠지 좀 바빠질 것 같네요."

라키아를 향해 알 듯 말 듯한 미소를 살짝 지어보인 뒤 알만은 인사를 건네고 서재를 나섰다.

뜻밖의 횡재에 리안은 환한 웃음을 지었고, 라키아는 밥값의 충격에서 여전히 헤어 나오지 못한 채 허탈한 표정을 짓고 있었다.

*   *   *

임시 아카데미의 설립은 예상대로 큰 파장을 몰고 왔다. 그럴 만도 한 것이 세상에 어느 영주가 일반 평민들에게 돈까지 줘가며 글을 가르치려고 하겠는가.

혹시나 하는 생각에 모여들기는 했지만 다들 처음에는 믿지 않는 눈치였다.

하지만 한 달이 지나고 약속한 대로 급료가 지불되자 더 이상 의심하는 자는 없었다. 오히려 더욱 감사한 마음을 가졌다.

사실 그들에게는 글을 배울 수 있게 된 것만으로도 엄청난 기회를 잡은 것이라고 할 수 있었다.

글이라는 것이 배우기는 어렵지만, 일단 글을 알면 고소득을 보장하는 일에 종사할 수가 있기 때문이다. 아카데미에 투자하는 시간만큼 그들 각자의 집은 일손이 달리겠지만, 먼 미래를 위해서는 충분히 가치가 있는 일이었다.

더구나 지급되는 급료로 집에 보탬까지 될 수 있으니 마다할 이유가 그들에게는 없었다.

리안의 임시 아카데미는 일단 내성의 창고를 하나 개조해서 차려졌다. 정식 건물이 지어지기 전까지는 아무래도 시간이 걸릴 것이기에 그때까지만 임시방편으로 사용하는 것이었다.

처음에는 열두 명 정도로 시작된 학생 수가 지금은 거의 사십 명을 넘어서고 있었다. 그들 중 거의 반 이상이 성으로 오는 데에만 하루 이상이 걸리는 곳에 살았기 때문에, 리안은 아예 성 밖에 거처까지 마련해야 했다.

그동안 다들 배움에 대한 굶주림이 강했던 탓일까?

누구 하나 뒤처지는 일 없이 선생이 가르치는 대로 잘 따라주었다.

글공부를 담당하는 선생은 세린느라는 이름의 미모의 여성이었다. 처음 그녀가 면접을 보기 위해 성을 방문했을 때 리안은 그녀를 보고 내심 깜짝 놀랐다.

수려한 외모에 스물셋이라는 젊은 나이도 그렇지만, 그보다는 분위기가 예사롭지 않았다.

조금은 낡은 듯한 푸른빛 드레스를 단정하게 갖춰 입고 리안의 앞에 마주 선 그녀는 마치 지체 높은 귀족가의 영애를 보는 듯했다.

전신에서 품격이 흘렀고 꼿꼿이 치켜든 콧날에서는 그녀의 도도함이 느껴졌다. 결코 평범한 여인이 아님을 리안은 직감했다.

하지만 그녀는 자신을 소개하며 단순히 세린느라고만 말했다.

귀족이라면 반드시 이름 뒤에 성이 붙는다. 이름만 말했다는 것은 그녀가 평민으로 보이길 원한다는 뜻이다.

그렇기에 리안은 아무것도 묻지 않고 그녀에게 종이 한 장을 내밀었다. 종이에는 그녀의 실력을 테스트하기 위한 몇 가지 문제가 적혀 있었다.

세린느는 채 오 분도 되지 않아 모든 작성을 마치고 종이를 돌려주었다. 놀랍게도 그녀는 모든 문제의 정확한 답을 적은 것은 물론, 리안의 실수까지 찾아내 고쳐놓았다.

문제를 설명하면서 철자가 틀린 것이 두 개나 있었던 것이다. 리안은 조금 창피했지만, 그보다는 실력 있는 선생을 발견했다는 사실이 더 기뻤다.

당연히 그녀는 합격했고 지금은 아주 훌륭한 선생이 되어 리안의 성에 머물면서 학생들을 가르치고 있었다.

그녀에게 글을 배우는 학생들의 나이는 적게는 열다섯, 많게는 스물다섯이나 되는 학생도 있었다. 세린느가 스물세 살이니 학생이 선생보다 나이가 많은 경우였지만, 별 문제는 일어나지 않았다.

거의 대부분이 농사일을 도우며 자란 순진한 학생들이었고, 세린느 또한 학생들에게 함부로 대하는 선생이 아니었기 때문에 수업 분위기는 언제나 밝고 좋았다.

반면 라키아와 오스왈트가 맡고 있는 무예 쪽은 그렇지가 못했다. 워낙 험한 일들을 하던 자들이 모인 까닭에 사소한 다툼이 끊이지 않고 터졌다.

훈련이 끝난 연무장.

다들 지친 몸을 이끌고 그늘을 찾아 삼삼오오 흩어질 때였다.

툭!

두 사내의 어깨가 살짝 부딪혔다.

"이 새끼가! 눈깔은 폼으로 달고 다니나?"

마른 체형에 뺨을 가로지르는 흉터를 가지고 있는 사내가 신경질적으로 고개를 돌렸다.

"지금 뭐라고 나불거렸냐?"

그 소리에 다부진 체격의 사내가 발걸음을 뚝 멈추고는 바투 다가서며 얼굴을 드밀었다. 그러자 흉터를 가진 사내도 지지 않고 얼굴을 드밀며 으르렁거렸다.

"눈깔만 폼이 아니라 귓구멍도 폼으로 달고 다니는 모양이지?"

"뒈지고 싶냐? 쌍판에 상처 하나 더 그려줘?"

체격 좋은 사내의 자극적인 말에 흉터를 가진 사내의 뺨이 씰룩거렸다.

"뒈지고 싶지?"

"해볼까?"

두 사내의 입술이 동시에 비틀렸다.

챙!

사소한 다툼 끝에 칼까지 뽑혔다. 문제는 그 주위에 있는 사람들이었다.

"휘이익!"

휘파람까지 불며 둘의 주위로 모여들었다. 그것이 끝이 아니었다. 순식간에 모여든 이들 사이에서 즉흥적으로 도박판이 열렸다. 누가 이길지 돈을 걸고 내기를 하는 것이다.

그 모습을 멀리서 지켜보던 오스왈트의 얼굴이 벌겋게
달아올랐다.

"이놈들이, 아직도 정신을 차리지 못하고!"

오스왈트가 소매를 걷어 올리며 앞으로 나가려 할 때,
그동안 아무런 참견이 없던 라키아가 그의 어깨를 잡아
세웠다.

"제가 하죠."

그리곤 잠시 무표정한 얼굴로 싸움판을 바라보다가 이내
성큼성큼 걸어갔다.

"이 새끼, 어디서 돈을 속여?"

도박판에서도 싸움이 일어났다.

가관이었다.

용병을 잘 알지 못하지만 그들도 이렇게까지 엉망은 아닐
것이다. 그들과 가까워질수록 라키아의 얼굴에 점점 어둠이
짙어졌다.

알만에 의해 어쩔 수 없이 선생이 된 라키아는 처음엔 대충
시간만 적당히 때울 생각이었다. 사실 지금까지 그렇게 잘
지내오고 있었다.

그런데 계속 보고 있자니 가관도 이런 가관이 없었다.
자기네가 아무리 경험 많은 싸움꾼이라고 해봤자 몇 명을
빼고는 소드 유저도 되지 못한 자들이었다.

소드 유저란 이제 막 마나의 힘을 사용할 수 있게 된 자들을

가리키는 말로써, 기사가 될 수 있는 최소한의 조건 중 하나였다.

라키아는 이미 열여섯에 소드 마스터가 되었고 지금은 그 다음 경지를 눈앞에 두고 있었다.

그런 상황에서 소드 유저도 못된 자들이 사소한 일로 다툼을 벌이고 있으니 얼마나 우습겠는가?

그나마 다행인 것은 모두가 그렇지는 않다는 것이었다. 그래도 제정신이 박힌 몇몇은 자리를 지키며 묵묵히 자신의 일에 열중하기도 했다. 그들은 거의가 소드 유저들이었다.

라키아는 그런 이들을 지나쳐 연무장 전체로 퍼진 싸움판으로 진입했다.

척!

라키아가 검집 채 검을 들었다. 그리고 망설임 없이 휘둘렀다.

후우웅!

뭉툭한 파공음이 허공을 갈랐다.

퍽!

"크악!"

비명이 터졌지만 싸움판의 소란 속에 파묻혀 흔적 없이 사라졌다. 하지만 라키아의 손에 만들어지는 비명이 차츰차츰 늘어나자 하나둘 돌아보기 시작했다.

후웅! 퍽! 퍽! 퍽!

"크악!"

"컥!"

둔탁한 소리와 짧은 비명이 퍼져나갔다.

"뭐, 뭐야?"

라키아가 이십여 명을 때려눕히자 연무장 내 모든 시선이 라키아에게로 모여들었다.

라키아는 아랑곳없이 계속 검집을 휘둘러 다시 서너 명을 때려눕혔다. 그러자 우락부락하게 생긴 사내가 참지 못하고 불만을 터뜨렸다.

"시팔, 아무리 기사라고 해도 너무하는 거 아니오?"

당연히 라키아의 날카로운 시선이 사내에게로 쏘아졌다. 라키아는 그 사내를 노려보며 망설임 없이 걸었다.

"뭐, 뭐야?"

누구라도 겁을 집어먹을 상황이었다. 사내가 생긴 것답지 않게 흠칫하며 뒤로 한 걸음 물러났다.

"해봐."

라키아가 사내의 얼굴에 대고 나직하게 속삭였다.

"뭐, 뭐를 말이오?"

"지저분한 싸움."

"뭐요?"

사내의 얼굴이 와락 일그러졌다.

"아, 쓰벌! 말이 너무 심한 것 아니오? 보아하니 돈 많은 가문의 자제 분 같은데…… 자꾸 이렇게 나오면 재미없습니다!"

라키아가 아무런 말없이 서 있기만 해서인지 사내의 얼굴에선 서서히 겁이 지워지고 있었다. 그러던 사내가 막판에 용기가 충만해진 듯 험악한 표정을 지으며 한 걸음 다가서기까지 했다.

그때 라키아의 입가가 살짝 말려 올라갔다.

"재미? 훗, 지금부터 그 재미가 뭔지 보여주지!"

후웅!

라키아의 검집이 우락부락한 사내의 어깨로 떨어졌다.

"히익!"

본능적으로 사내가 몸을 아래로 떨어뜨리며 자신의 검으로 라키아의 검을 막았다.

캉!

"이 시팔, 진짜! 이러면 재미없다니까!"

화가 머리끝까지 폭발했다는 것을 증명이라도 하듯 사내가 재빨리 몸을 빼며 검을 휘둘렀다. 라키아는 그런 사내의 검을 향해 검집을 휘둘렀다.

후우웅!

아무도 보지 못했지만 라키아의 검집에는 살짝 빛무리가 맺혀 있었다. 소드 마스터의 전유물이라고 할 수 있는 오러였다.

차장창창!

사내의 검이 산산조각 났다. 라키아는 거기에 만족하지 않고 사내의 몸 곳곳을 검집으로 후려쳤다.

"사, 사람 살려! 으아아악!"

말도 못할 고통에 사내가 울부짖었다. 그대로 주저앉고 싶었지만 그럴 수도 없었다. 사내가 쓰러질라치면 라키아가 검집으로 후려쳐 다시 사내의 신형을 세웠기 때문이다.

사내는 결국 정신을 완전히 잃은 후에야 바닥에 쓰러질 수 있었다.

"커억!"

그 식겁한 풍경을 고스란히 목격한 사내들의 얼굴이 공포에 질리며 뒤로 물러서기 바빴다.

"자, 잘못했……."

"기, 기사 나리, 앞으……."

처음 싸움을 일으킨 사내 둘이 라키아의 시선에 몸을 와들와들 떨며 용서를 빌었다.

하지만 그들은 말을 끝내기도 전에 라키아의 매서운 검집 맛(?)을 봐야 했다.

퍽퍽퍽!

그들도 피떡이 돼서야 편안히 바닥에 몸을 누일 수가 있었다.

챙그랑!

공포에 질린 몇몇 사내들이 검을 바닥에 떨어뜨렸다. 슬금슬금 연무장 밖으로 도망치는 자들도 생겼다.

라키아의 신형이 그 자리에서 사라졌다.

그로부터 얼추 한 시간 후.

"으으윽!"

"차라리…… 나, 나를 크으으, 죽여줘!"

황토빛이어야 할 연무장의 바닥이 붉게 물들어 있었다. 연무장을 붉게 만든 것은 바로 피였다.

그 핏물 속에 서 있는 사람은 한 명도 없었다. 묵묵히 자신들의 수련에 몰두하고 있던 소드 유저들마저 역시나 피떡이 된 채 쓰러져 있었다.

"정렬."

라키아의 목소리는 아주 작았다.

당연히 지독한 구타로 인해 고통에 신음하던 사내들은 라키아의 목소리를 듣지 못했다.

라키아는 다시 검집을 들어올렸다. 그리곤 간신히 자리에서 일어나는 이들을 비롯해 연무장의 모든 이들을 다시 한 번 무자비하게 구타했다.

그렇게 또다시 연무장에 지독한 비명소리가 흐른 뒤에야 라키아는 다시 입을 열었다.

"정렬."

조금 전과 다름없는 아주 작은 목소리였다. 그러나 이번에는 달랐다. 연무장에 쓰러져 신음하던 사내들이 일제히 자리에서 일어나 절뚝거리는 다리로 오와 열을 맞춰가며 줄을 섰다.

"앞으로 또다시 오늘과 같은 모습을 보인다면……."

라키아는 도열해 있는 사내들의 얼굴을 훑었다.

"오늘이 차라리 편했다고 느낄 것이다."

"……!"

사내들의 얼굴이 새하얗게 질리며 마치 전염병이라도 걸린 것처럼 다들 몸을 오들오들 떨기 시작했다.

모두 똑똑히 보았다.

검집만으로 자신들을 상대하며 무차별적인 폭력을 휘두르던 모습을.

기가 막히게도 상대는 호흡 한 번 흐트러뜨리지 않고 연무장의 모든 이들을 쓰러뜨렸다.

처음 웬 젊은 녀석이 선생이랍시고 그들 앞에 나타났을 때는 어이가 없었다. 봐줄 거라곤 큰 키에 군살 없이 잡힌 몸매가 전부인 자였다.

그래서 내심 무시 아닌 무시를 했었는데, 알고 보니 그들이 가늠하지도 못할 실력자였던 것이다.

죽음보다 더 지독한 고통을 오늘 느꼈다.

상상만으로도 괴로운, 아니 꿈에라도 나타날까봐 무서운 지독한 경험이었다.

그런데 이런 경험이 차라리 편안할 정도면…….

사내들의 얼굴이 하얗게 질리다 못해 탈색이 되었다.

그렇다고 그만두지도 못한다.

그만두고 싶어도 이미 계약서를 작성했기 때문에 그럴 수도 없었다. 높은 임금을 보장하는 대신 약속한 기간을 다 채우지 못할 시에는 계약금의 세 배를 물고 나가야 하는 조항이 있었기 때문이다.

그들이 계약금으로 받은 돈은 무려 2골드. 세 배면 자그마치 6골드였다. 큰돈이긴 하나 전 재산을 털면 이중 몇몇은 마련할 수 있는 금액이기도 했다.

하지만 그렇게까지 해서 나갈 배짱이 그들에게는 없었다. 먹여주고 재워주는 것도 모자라 돈까지 후하게 쳐주는 직장을 잡기란 쉬운 일이 아니다.

더구나 그만두겠다고 말했다간 왠지 가만히 있을 것 같지도 않은 분위기였다. 말은 하지 않았지만 왠지 눈빛이 그러했다.

사실 리안이 그런 큰돈을 계약금으로 지불한 것은 이런 일을 다 염두하고 벌인 일이었다.

모인 자들 대부분이 용병이었다던가, 상단의 무사, 시장통에서 건달 짓을 하던 이들이었다. 물론 처음 검을 잡아본 자들도 있었고, 점잖은 이들도 있었지만 어쨌든 전부 검을 들고 싸워야 할 이들이었다.

그런 자들을 통솔하기 위해선 흩어지지 않게 하기 위한 어떤 끈이 필요하다고 생각했다.

그 끈이 지금은 고작 계약금이 되었지만, 훗날에는 분명 다른 것으로 바뀔 것이다. 그렇게 되기를 리안은 진심으로 바랐다.

＊　　　＊　　　＊

뎅뎅뎅.

해가 중천에 떠 있는 시각.

난데없이 커다란 종소리가 성내에 울려 퍼졌다. 일을 하던 하인들은 물론이고, 임시 아카데미의 학생들 모두 우르르 몰려나와 바쁘게 어디론가 향했다.

바야흐로 그들이 가장 고대하던 시간, 바로 점심 식사 시간이었다.

"어이, 클로드!"

수업을 마치고 곧장 식당으로 달려온 클로드의 귀에 익숙한 음성이 들렸다.

"어서 와라."

돌아보지도 않은 채 접시 하나를 손에 얹으며 클로드가 대충 대답했다. 그런 그의 어깨에 손을 올리는 이는 다름 아닌 친구 스캇이었다.

"야, 너는 친구가 왔는데 뒤도 안 돌아보냐?"

"네 녀석이 나 보러 왔냐?"

스캇의 핀잔에 클로드가 어이없다는 듯 콧김까지 내뱉었다. 기가 막힌 것은 그 순간에도 스캇이 마치 누군가를 찾듯 연신 주위를 두리번거리고 있다는 것이다.

"옜다, 이거나 받아라."

클로드는 혀를 차며 스캇의 손에 접시를 쥐어주었다. 그래도 밥은 먹어야겠다는 생각이 드는 것인지, 신경이 온통 딴 곳에 가 있는 와중에도 접시에 음식들을 아주 잘 담아내는 스캇이었다.

그들이 각자 접시에 음식을 퍼 자리에 앉았을 때다. 식당 입구로 재잘거리며 한 무리의 소녀들이 등장했다. 그 순간 스캇의 눈이 반짝 빛을 발했다.

"네놈 눈빛이 변한 걸 보니 요한나가 등장하셨군."

클로드는 보지 않아도 알 수 있었다. 맞은편 친구의 엉덩이가 들썩거린다면 그건 요한나가 주변 어딘가에 있다는 뜻이었다.

지금은 성의 하인들과 글공부를 하는 학생들이 한 식당에 모여 식사를 하는 시간이었다.

하인도 아니고, 그렇다고 학생도 아닌 스캇이 매번 이 시간에 나타나는 이유는 친구인 클로드가 아닌 요한나 때문이었다.

클로드와 요한나는 알만의 배려로 성의 일과 글공부를 병행하는 중이었다.

"요한나가 그렇게 좋냐?"

"새삼스레 뭘 묻냐."

"내 눈엔 그저 그런데, 참 이상하단 말이야."

"무슨 뜻이야?"

친구의 음성에서 무언가를 느낀 듯 입구 쪽을 향해 있던 스캇의 고개가 팩 돌아왔다.

"아니, 같이 공부하는 형이 있는데, 그 형이 몇 번 요한나에 대해 묻더라고. 느낌이 좀 이상해. 뭔가 관심이 있는 것 같단 말이지."

"뭐야? 감히 어떤 새끼가!"

스캇이 고함을 지르며 벌떡 일어섰다. 그 바람에 앉아 있던 의자가 우당탕 소리를 내며 뒤로 세게 넘어졌다.

식당 안의 모든 이목이 스캇에게로 쏠린 것은 너무도 당연한 현상이었다.

"아, 깜짝이야. 이 자식아, 다 쳐다보잖아. 쪽팔리게."

친구의 만행에 클로드가 얼굴을 붉히며 고개를 푹 숙였다. 순간의 감정을 이기지 못하고 날뛰었던(?) 스캇도 그제야 자신의 행동을 깨닫고 재빨리 몸을 낮췄다.

"……요한나도 봤을까?"

'꿍.'

정말 못 말린다. 자리에 앉자마자 묻는다는 게 고작 그거냐?

클로드는 하마터면 들고 있던 포크를 친구에게 던질 뻔했다. 하지만 언제나 그렇듯 참을성을 발휘해 가며 그답게 또박또박 말했다.

"당연히 봤겠지. 아마 분명히 이.상.하.게. 생각했을걸!"

"……그럴까?"

"너 같으면 갑자기 밥 먹다 말고 소리치는 사람을 정상으로 볼 수 있겠냐?"

"어쩌다 그럴 수도 있지."

"넌 욕까지 했잖아."

"내가 무슨 욕을 했다고 그래?"

"감히 어떤 새끼냐며? 새끼는 욕 아니냐?"

"야, 그게 무슨……."

"여자애들은 그런 것도 욕이라고 생각할걸?"

"……!"

스캇은 반박할 수 없었다. 남자들이야 새끼라는 말을 입에 달고 산다지만, 클로드의 말처럼 여자애들은 아니었다.

그렇다. 자신은 좋아하는 여자애 앞에서 험한 욕을 하고 만 것이다.

"아씨."

양팔에 고개를 파묻으며 스캇은 입술을 깨물었다. 식욕도 이미 사라졌다.

요한나가 자신을 어떻게 생각할까?

욕이나 입에 달고 사는 천박한 애로 보지는 않을까?

떠오르는 갖가지 상상에 스캇의 입에서는 긴 한숨만 연이어 흘러나왔다.

"가지가지 한다."

그걸 고스란히 보고 있자니 클로드는 어이가 없어 할 말이 떠오르지 않았다. 이 단순한 녀석이 대체 언제쯤 정신을 차릴 수 있을지 앞으로가 정말 걱정이었다.

"야, 시간 없으니까 밥이나 먹어. 우리가 다 먹어야 얼른 그쪽 아저씨들도 먹을 거 아냐."

클로드가 말하는 그쪽 아저씨들이란 라키아에게 검술 훈련을 받는 이들을 말하는 것이었다. 그들 또래의 아이들도 있긴 했지만, 대개가 이십 대 이상이었기 때문에 은연중에 그렇게 불리고 있었다.

"넌 이 와중에 밥이 들어가냐?"

"이 와중이 무슨 와중인데?"

열심히 입으로 음식을 나르는 클로드를 보며 스캇은 못마땅하다는 듯 얼굴을 일그러뜨렸다.

"됐다, 내가 너랑 무슨 말을 하냐."

"또 삐졌냐?"

"……."

스캇은 우걱우걱 빵을 씹었다. 기분 탓인지 오늘따라 빵 맛도 별로였다.

클로드는 피식 웃으며 제안을 하나 했다.

"오늘 저녁에 내가 한 턱 쏘지."

"너 같은 짠돌이가 웬 한 턱?"

"짠돌이는 누가 짠돌이야? 나도 쏠 땐 화끈하게 쏜다고."

"하아, 그러세요?"

"언덕배기집에 갈 건데, 싫음 말고."

빵을 뜯던 스캇의 동작이 순간 정지했다. 언덕배기집이란 그들의 단골집으로, 그곳의 오리고기 찜은 거의 예술의 경지였다.

가격이 조금 비싼 것이 흠이지만 기막힌 맛 때문에 스캇의 친구들이 서너 달에 한 번은 꼭 방문하는 곳이었다.

"⋯⋯정말?"

"나 글공부 시작한 지 한 달 지났잖아. 알만 집사님께서 그것도 따로 계산해 주셨어."

"와, 너 얼마 전에 하인 월급도 받았잖아. 그치?"

"응, 그래서 이쪽은 기대 안 하고 있었는데, 앞으로 매달 지급해 주실 거래. 역시 알만 집사님은 너무 자상하셔. 흐흐, 부럽지?"

"야, 그게 영주님이 주시는 거지 알만 집사님이 주시는 거냐?"

스캇은 감사해야 할 대상이 영주임을 바로잡았다. 그러자 클로드가 반박하며 나섰다.

"알만 집사님이 분명 먼저 얘기를 꺼내셨을걸? 어디 영주님이 거기까지 생각하실 분이냐?"

"누가 먼저 생각했든 간에 어쨌든 영주님이 명하셨으니 알만 집사님께서 그렇게 하시는 거잖아. 그럼 영주님께 고마워해야지."

"알만 집사님이 아니면 받지도 못했을 텐데, 내가 왜?"

"그게 알만 집사님 돈이냐, 영주님 돈이지?"

"내 말이 그렇게 이해가 안 가냐?"

"너야말로……."

"누가 할 소리……."

이제는 별로 특별한 모습도 아니었다. 스캇이 리안의 편에, 클로드가 알만의 편에 서서 입씨름을 하는 것은 근래 들어 하루가 멀다 하고 벌어지는 풍경 중 하나였다. 정작 그 둘은 무척이나 잘 지내고 있는데도 말이다.

그렇게 별것도 아닌 일로 둘이 설전을 벌일 그 시각. 리안은 오랜만에 사람들과 어울려 점심 식사를 하고 있었다.

"진작 초대를 했어야 했는데, 너무 늦은 건 아닌가 모르겠네요."

리안이 미안함을 담아 말한 상대는 글공부를 가르치고 있는 세린느였다. 자신보다 연장자이고 글을 가르치는 선생이라는 이유로 리안은 그녀에게 존대를 사용했다.

"무슨 그런 말씀을……. 저야말로 이렇게 초대를 해주셔서 감사할 따름입니다."

세린느가 한쪽 손을 가슴에 얹고 살짝 고개를 숙이며 감사한 마음을 전했다. 그런 그녀를 향해 리안도 미소로 답하며 와인 잔을 들었다.

"우리 건배할까요?"

"무슨 건배?"

레지나가 리안을 따라 잔을 들며 고개를 갸웃했다. 그녀뿐
아니라 함께 식사 중이던 라키아와 세린느도 궁금하다는 듯
리안을 쳐다봤다.

며칠 전 라키아는 리안에게 정식으로 기사의 작위를 받았다.
다행히 시간이 조금 지나서인지, 그를 보고 추격대를 떠올리는
사람은 아무도 없었다.

오히려 요즘 성내에서 라키아의 인기는 하늘을 찌르는
중이었다.

처음 여인들의 호감을 산 것은 그의 잘생긴 외모였다.
순전히 리안에 의해서 멋대로 정해진 것이지만 라키아의 은색
머리칼은 제국에서도 보기 드문 색이었다.

특별한 머리색에 뚜렷한 이목구비, 거기에 훤칠한 키와
다부진 몸매까지 소유했으니 어느 여인이 감히 싫어할 수
있겠는가?

더구나 여자들이란 강한 사내에게 매력을 느끼는 법이었다.
얼마 전 검술 훈련장에서 있었던 일은 이미 성내에 파다하게
번져 있었다.

혼자의 힘으로 오십이 넘는 수를 상대한 라키아의 실력에
대해 다들 입에 침이 마르도록 수다를 떨어댔다. 겉모습만
번지르르한 게 아니고 실력까지 갖췄다는 게 증명되자
라키아에 대한 호감도가 더욱 급상승했다.

하지만 성의 어느 누구도 그런 라키아에게 쉽게 다가가지 못했다. 이유는 그에게서 풍기는 특유의 분위기 때문이었다.

 무표정한 얼굴로 무심한 듯 바라보는 라키아의 시선은 결코 접근을 허락지 않았다. 가까이에서 마주한 그의 눈은 얼음장처럼 차가웠고 냉기가 흘렀다.

 그는 존재만으로도 상대의 기를 죽이는 사내였다.

 "글쎄. 뭘 위해 건배를 할까?"

 동생의 물음에 리안은 식탁 위를 빙 둘러보며 어깨를 으쓱였다. 사실 처음부터 건배를 제안할 생각은 없었다. 와인 잔을 들자 충동적으로 튀어나온 말이었다.

 "라키, 생각나는 거 뭐 없어?"

 "먼저 말을 꺼내신 것은 영주님이십니다."

 말투는 공손했지만 두 눈은 아니었다. 라키아가 그걸 왜 자신에게 묻냐는 듯 무언의 눈초리를 보냈다.

 리안은 그 눈길을 피하며 세린느에게도 같은 질문을 했다. 그러자 그녀가 웃으며 말했다.

 "저야 물론 제가 가르치는 학생들을 위해서 건배를 하고 싶죠. 하지만 그러면 칼리스타 백작님께 실례가 아닐까요?"

 "아니요, 전혀 그렇지 않습니다. 그래도 학생들만 위하면 남은 사람들이 서운해할 테니, 영지민 전체를 위해서 건배를 하는 게 어떨까요?"

 레지나가 환한 미소를 짓고, 라키아가 여전히 심드렁한

표정인 반면, 세린느는 순간 멈칫했다.

조금은 뜻밖이었기 때문이다.

그리 많은 세월을 살지 않았지만 교사라는 직업상 그녀는 귀족들을 제법 만나왔다. 그러나 그중 어느 누구도 이 같은 사실에 건배를 하는 귀족은 없었다.

영지민을 위해 리안이 많은 것을 해주고 있단 사실은 이미 알고 있었다. 하지만 이런 식으로 직접 말하는 것을 처음 본 까닭에 놀라움이 제법 컸다.

"세린느?"

대답이 없자 리안이 그녀의 이름을 불렀다. 그제야 혼자만의 생각에서 빠져나오며 그녀가 급히 입을 열었다.

"아, 죄송해요. 잠시 딴 생각을 하느라……. 백작님의 뜻에 저도 찬성입니다."

"다행이네요. 자, 그럼 다들 건배합시다."

네 개의 잔이 식탁의 중앙으로 모였다. 활기찬 리안의 음성이 터져 나왔다.

"사랑하는 내 가족과, 지금 이곳에 함께 있는 세린느와 라키, 나아가 내 영지에서 살아가는 모든 사람들의 발전과 건강을 위해서, 건배!"

"건배!"

가장 신이 나서 외친 사람은 레지나였다. 그녀는 달랑 와인 한 잔을 마셨을 뿐인데, 두 뺨이 화장한 듯 붉은 기가 돌았다.

"레지나, 그만 마셔야겠어."

"응, 그럴까봐. 원래 이 정도는 마셔도 끄떡없었는데 오늘은 이상하네."

그녀 자신도 조금 어지러운 느낌이 들던 참이었다. 레지나는 순순히 오빠의 의견에 따랐다.

"참, 오빠. 나 부탁할 게 있어."

"부탁?"

"응, 나도 도움이 되고 싶어서 그래. 허락해 줄 거지?"

"들어보고 결정할게. 일단 얘기해 봐."

무슨 부탁인지도 모른 채 덜컥 약속을 할 수는 없었다. 레지나가 잠시 입술을 샐쭉거렸지만 곧 말했다.

"오빠 혼자 너무 힘들게 일하는 것 같아서 나도 가만히 있을 수가 없단 말이야. 그래서 내가 곰곰이 생각해 봤는데, 나도 할 수 있는 일이 하나 있더라고."

"넌 어머니를 돌보고 있잖아. 그것만도 힘들 텐데, 뭘 더 하겠다는 거야?"

"엄마도 요즘에는 건강이 많이 좋아지셔서 굳이 내가 필요치 않으셔."

"그래도 아직은 네가 옆에 있어야……."

"물론 남는 시간에는 그럴 거야. 내 말은 그렇지 않은 시간에 나도 오빠를 돕겠다는 거야."

뱅크를 차리는 일로 리안이 요즘 얼마나 바쁘게 지내는지 레지나는 잘 알고 있었다.

철없이 굴기만 하던 오빠가 처음으로 시작하는 사업에 그녀는 동생으로서 도움이 되고 싶었다.

그런 동생의 진심을 어찌 모를 수 있을까. 결국 리안은 반허락을 하고 말았다.

"되도록이면 네가 원하는 대로 해줄 테니까, 얼른 말해 봐."

레지나의 얼굴에 화색이 돌며 그녀가 불쑥 물었다.

"선생 모자라지 않아?"

"선생?"

"응, 글공부하는 학생들은 많은데 선생님은 세린느뿐이잖아. 내가 도울게. 돕고 싶어, 진심으로."

"그러니까 네가 학생들에게 글을 가르치겠다고?"

끄덕끄덕.

초롱초롱한 눈망울을 빛내면서 고개를 끄덕이는 동생을 바라보며 리안은 내심 깜짝 놀랐다. 전혀 생각지도 못한 부탁이었기 때문이다.

동생의 나이 이제 열넷이었다. 하지만 또래의 어느 아이보다 똑똑하다는 것을 리안은 잘 알고 있다. 열 살도 되기 전에 혼자서 책을 읽었으니, 글 정도는 별 무리 없이 가르칠 수 있을 것이다.

레지나는 조마조마한 표정으로 리안을 보고 있었다. 리안은 그 모습이 약간 이해가 되지 않았다.

저 표정의 의미는 자신이 그녀가 선생이 되는 것을 허락하지 않을 확률이 크다는 것을 말하고 있기 때문이다. 자신은 그럴 생각이 조금도 없는데 말이다.

'아, 내가 아니고 주인이었다면……'

생각해 보니 원래의 주인이라면 허락하지 않을 가능성이 컸다. 동생의 생활에 일일이 간섭하는 편은 아니었지만, 예전의 주인은 여자란 얌전히 집안일에나 신경 쓰면 된다고 생각하는 부류였다.

그러고 보니 요즘은 주인에 대한 생각을 많이 하지 않는 것 같다. 이전에는 틈만 나면 떠올라 복잡한 마음이 들게 했는데, 어느새 잊고 지낸 모양이다.

완벽하지는 않아도 지금의 삶에 어느 정도 적응을 했다는 뜻이리라.

리안은 빙그레 웃으며 결정했다.

"그래, 좋아. 마침 세린느 혼자 힘에 부쳤을 텐데, 잘 됐네."

"와아! 정말? 정말 허락하는 거야, 오빠?"

"응, 대신 넌 세린느를 돕는 보조 선생이 좋겠다. 글을 안다고는 하지만 아직 어리기도 하고, 학생을 가르쳐 본 적도 없으니까."

"그거야 당연하지. 고마워, 오빠. 난 오빠가 허락하지 않을 줄 알았어."

이제야 안심이라는 듯 레지나가 긴 한숨까지 토해내며

귀여운 얼굴에 미소를 그려냈다.

"내가 허락하지 않을 리가 없잖아. 오히려 기특하게 생각하고 있는걸?"

"정말?"

"그럼. 안 그래요, 세린느?"

보조 선생이 생긴다면 제일 좋아할 사람이 이중에서는 세린느, 그녀였다. 안 그래도 학생 수가 많아 혼자서 버겁던 참이었기 때문이다.

그녀가 사랑스러운 시선으로 레지나를 보며 감사의 표현을 했다.

"도와만 주신다면 저야 언제든지 환영이지요. 고마워요, 레지나 아가씨."

"어머, 아가씨라니요. 그냥 이름으로 불러주세요. 선생님이시잖아요."

"그럴 수는 없지요. 그래도 아가씨께서는 백작가의 따님이신걸요."

아직 안 지 얼마 되지 않았지만 세린느가 예의를 무척 중요시 여긴다는 것은 모두가 아는 사실이었다.

레지나가 반박할 말이 없어 입을 동그랗게 모을 때, 리안이 그런 동생을 대신해서 나섰다.

"괜찮아요, 세린느. 평대를 하는 것도 아니잖아요. 아가씨란 호칭은 빼도 상관없습니다."

"하지만……."

"괜찮으니 그렇게 하세요."

"네……."

영주인 리안이 이렇게까지 말하면 세린느도 어쩔 수 없었다. 그녀의 대답에 레지나가 씩 미소를 지으며 자리에서 일어났다.

"헤헤, 엄마한테 자랑하러 가야지. 그럼 저 먼저 실례할게요."

식사는 이미 마친 상태였다. 사뿐사뿐 식당을 벗어나는 폼이 마냥 행복해 보여 리안도 덩달아 기분이 좋아졌다.

"우리는 한 잔 더 할까요?"

남은 와인을 가리키며 리안이 묻자 라키아는 묵묵히 고개를 끄덕였고, 세린느는 조용히 잔을 내밀었다.

제3화

재판

겨울이 가고 드디어 리안의 영지에도 봄이 찾아왔다.

따스한 봄의 기운을 만끽하기 위해 오웬은 오늘 처음으로 아무런 도움 없이 홀로 정원을 거닐었다.

자박자박.

바닥을 걷는 일정한 소리가 주변을 울리며 조용히 퍼져 나갔다.

3년이었다.

짧다면 짧고, 길면 길다고 할 수 있는 그 시간 동안 참으로 많은 변화가 그녀에게 일어났다.

부축 없이는 침대에서조차 내려오지 못했던 그녀가 홀로

산책까지 할 수 있게 될 줄 그 누가 알았겠는가?

아직 무리해선 안 되었지만, 이제 대부분의 것을 혼자의 힘으로 해결할 수 있게 된 그녀였다.

화창한 오후, 살결에 닿는 봄의 기운이 오웬은 무척 마음에 들었다. 그녀의 갈색 머리칼이 등 뒤에서 부드럽게 나부꼈다.

조심조심 즐기듯 걷던 그녀의 걸음이 어느 한곳에서 멈춰 섰다. 그녀가 만개한 꽃을 향해 허리를 숙이고 숨을 깊게 들이마셨다.

"하아……!"

그동안 잊고 지냈던 향긋한 꽃향기가 코끝을 간질였다. 밖에 나가지 못하는 그녀를 위해 레지나가 자주 화분들과 꽃을 방으로 가져왔지만, 직접 정원에 나와 맡는 향기와는 많은 차이가 있었다.

오웬은 다시금 천천히 다리를 움직여가며 흐드러지게 핀 꽃과 잘 정돈된 정원의 모습을 감상했다.

창백한 피부와 생기 없던 눈동자는 이제 더 이상 보이지 않았다. 젊음을 되찾기라도 한 듯 피부는 탱탱해졌고 전신에서는 활기가 샘솟았다.

병약하던 시절에도 아름답기 그지없던 모습에 건강이 더해지자 빛을 발하며 눈부신 자태를 뿜어냈다.

오웬은 잠시 몸을 쉴 겸 정원의 한쪽에 마련된 벤치로 걸어가 앉았다. 그녀가 앉으며 살짝 건드렸는지 하얀 나비 한 마리가 놀란 듯 날아올랐다.

이리저리 궤적을 그리며 날아가는 나비를 보며 오웬은 버릇처럼 왼손에 낀 반지를 만지작거렸다.

평소 답답해서 장신구를 잘 하지 않는 편인데, 딸에게서 받은 이 반지만은 이상하게도 그런 느낌이 들지 않았다. 오히려 끼고 있으면 기분이 좋아지는 것 같다고 해야 할까?

그렇다 보니 언젠가부터 아예 반지를 어루만지는 것이 그녀의 버릇이 되어버렸다.

"마님, 영주님께서 찾으십니다."

그렇게 얼마나 지났을까.

별안간 눈앞으로 알만이 불쑥 나타나 리안의 명을 전했다.

오웬은 놀라기는 했지만 말없이 알만을 향해 미소를 지으며 자리에서 일어났다. 자신을 걱정해서 따라왔을 그의 마음을 아는 까닭이다.

"가시지요."

알만이 안내한 곳은 그녀의 침실이었다. 안에는 리안 말고도 웬 여인이 한 명 더 있었다.

3년이란 세월이 오웬에게 많은 변화를 준 것에 비해 리안의 모습은 거의 달라진 것이 없었다.

나이를 먹고 키가 좀 더 자랐을 뿐 조각 같은 외모는 여전했다. 이제는 제법 청년티가 나는 용모는 오히려 리안의 아름다움을 한층 더 부각시켰다.

"산책은 즐거우셨어요?"

오웬이 홀로 산책을 나갔단 말을 듣고 리안은 내심 걱정을 했었다. 하지만 무사히 돌아오신 것을 보니 건강이 좋아졌다는 것을 이제야 새삼 실감했다.

"그럼, 아주 좋았단다. 봄꽃이 활짝 피었더구나."

"봄이 왔다 싶으면 바로 여름인 건 아시죠? 미리미리 산책 많이 해두셔야 할 거예요."

"안 그래도 그럴 생각이란다. 그나저나 무슨 일로 찾았니? 이 아가씨는 누구고?"

오웬은 침실로 들어서면서부터 궁금했던 질문을 내놓았다.

"아, 인사 시키는 걸 잊었네요. 어머니, 이쪽은 전에 이곳에서 하녀로 일했던 매들린이에요. 매들린, 우리 어머니 알지? 인사드려."

놀랍게도 리안과 함께 있던 여인은 하녀였던 매들린이었다. 올해 열일곱 살이 된 그녀는 원래도 예쁜 편이었지만, 성숙함이 더해져 완연한 여인의 향기를 풍기고 있었다.

"안녕하세요, 마님. 매들린이라고 합니다. 마님께서 몸이 편찮으실 때 하녀로 일했기 때문에 잘 모르실 거예요."

매들린은 수줍게 웃으며 오웬에게 인사했다. 궁금해하는 그녀의 표정을 본 듯 약간의 설명까지 곁들었다.

"어머니, 매들린은 이제 치료사가 됐어요. 오늘 어머니를 모신 건 매들린에게 제가 어머니 약을 부탁했기 때문이에요."

"내 약을?"

"네, 더위가 시작되기 전에 몸을 보하는 약을 드시면 좋을 것 같아서요. 매들린은 약을 짓기 전에 어머니의 상태를 살피기 위해 들른 거예요."

"혼자 산책까지 할 수 있게 되었는데, 약은 무슨 약. 나는 괜찮으니 괜한 수고할 필요 없다."

"아직 완쾌하신 것도 아니잖아요. 몸에 좋은 거니까, 거절하지 마시고 드세요."

유난히 더위에 약하신 어머니였다. 리안은 자신의 뜻을 굽히지 않고 매들린에게 눈짓했다.

매들린이 고개를 끄덕이며 오웬의 몸을 진찰하기 위해 자리에서 일어났다. 그때 노크소리와 함께 문이 열리며 하인 한 명이 들어왔다.

"영주님, 레지나 아가씨께서 영주님을 급히 찾으십니다."

"나를?"

지금 시간이라면 레지나가 아카데미에서 글공부를 가르치는 시간이었다. 하인의 말이 리안을 찾는 즉시 아카데미로 모셔오라는 레지나의 명이 있었단다.

"무슨 일이지?"

평소 같으면 레지나가 직접 찾아오던가 하지 이렇듯 자신을 부른 적은 한 번도 없었다. 걱정스러움에 리안의 표정이 약간 어두워졌다.

"아카데미에 일이라도 생긴 것이냐?"

오웬 또한 걱정이 된 듯 하인에게 물었지만 하인도 영문을 모르기는 마찬가지였다.

"어머니, 일단 가봐야겠어요. 다녀와서 말씀드릴게요. 그럼 매들린, 부탁할게."

리안은 오웬과 매들린을 남겨두고 급히 하인을 따라 아카데미로 향했다.

아직 정식으로 아카데미를 설립한 것은 아니지만, 글공부를 하는 곳을 두고 다들 편의상 그렇게 부르고 있었다.

리안이 아카데미를 찾았을 땐 수업 시간임에도 불구하고 레지나와 세린느가 걱정스런 얼굴로 밖을 서성이고 있었다.

"레지나, 무슨 일이야?"

"오빠!"

이제는 제법 숙녀티가 난다고는 하지만 리안에게는 아직 어린 동생이었다. 생각보다 심각한 동생의 표정에 리안의 안색이 굳었다.

"일단 들어가시죠."

밖에서 얘기하는 것은 예의가 아니라고 생각했는지 세린느가 리안을 자신의 사무실로 안내했다. 먼저 운을 뗀 것도 그녀였다.

"무단결석이요?"

세린느의 말을 듣던 중 리안은 무단결석이란 말에 깜짝

놀랐다. 몸이 좋지 않다거나 하는 아주 특별한 경우를 제외하고는 결석하는 학생이 그동안 거의 없었기 때문이다.

그런데 하루도 아니고 무려 2주가 넘게 결석을 했다니. 동생의 걱정이 어느 정도는 이해가 갔다.

문제는 그것만이 아니었다. 며칠 전부터는 그 학생과 친하게 지내던 다른 학생도 아카데미를 나오지 않는다는 것이었다.

"학생들에게 물어보니 직접 알아보기 위해 친구네 집에 갔다 오겠다고 했다더군요. 아무 일 없어야 하겠지만, 그 학생마저 연락도 없이 결석을 하니 걱정이 돼서요."

"이름이 뭐죠?"

장차 뱅크에서 일을 하게 될 인재들이었다. 적성에 맞지 않아 그만둔 것이라면 몰라도 그것이 아닐 수도 있으니 리안이 직접 나서서 알아봐야 했다.

"처음 결석을 한 학생은 퍼셀이고, 퍼셀의 집에 갔다 오겠다고 한 학생은 클로드야. 오빠도 클로드 알지?"

당연히 알고 있다. 친구의 이름을 듣자마자 리안이 깜짝 놀라 눈을 부릅떴다.

그리고 그때 마치 기다렸다는 듯 사무실로 오스왈트가 허둥지둥 들어왔다.

"오스왈트?"

보아하니 리안이 이곳에 있단 말을 듣고 찾아온 것 같았다. 그런데 무슨 일인지, 그답지 않게 무척 당황한 얼굴을 하고 있었다.

리안이 앉으라는 말을 하려는 찰나, 오스왈트가 급히 말을 쏟아냈다.

"영주님, 스캇이 며칠째 보이지가 않습니다. 녀석이 가볼 만한 곳은 다 가봤는데, 어디로 숨었는지 도통 찾을 수가 없습니다. 혹, 영주님이 심부름이라도 보내신 겁니까?"

"······스캇이 없다니요?"

요즘 한창 무예 수련에 바쁜 스캇이었다. 그런 친구에게 무슨 심부름을 보낸단 말인가?

느닷없는 소식에 리안은 어안이 다 벙벙했다.

"역시 아니었군요······."

혹시나 하고 걸었던 마지막 희망이 무너지자 오스왈트는 허탈한 표정을 지었다. 리안이 서둘러 이것저것 물어보았으나 돌아온 대답은 모른다는 말뿐이었다.

잠시 정적이 흘렀다.

의외의 사태에 다들 놀란 듯 아무도 말이 없었다. 잠시 후 침묵을 깬 것은 세린느였다.

"······혹시 클로드와 같이 있는 거 아닐까요?"

스캇이 워낙에 아카데미를 뻔질나게 드나들었기에 둘이 친구 사이인 것은 세린느도 이미 알고 있었다. 물론 스캇이 아카데미를 드나든 것이 실상은 요한나 때문이라는 사실은 모르겠지만 말이다.

리안은 고개를 끄덕였다. 마침 그도 그 생각을 막 하던 참이었다. 두 친구가 동시에 없어졌으니 그럴 확률이 매우 컸다.

클로드도 함께 사라졌다는 것을 레지나에게 전해들은 오스왈트의 안색이 파리하게 변했다. 말년에 얻은 제자 사랑이 끔찍한 그가 아닌가.

리안은 일단 오스왈트를 진정시켰다.

"오스왈트, 스캇에겐 아무 일 없을 테니 진정해요. 녀석이 좀 단순하긴 해도 무슨 일을 당할 만큼 둔한 녀석도 아니잖아요. 그리고 클로드 녀석, 똑똑한 거 알죠? 둘이 함께 있다면 아무 일 없을 테니 너무 걱정하지 말아요."

"하지만 이렇게까지 연락이 없다는 게 아무래도 걸립니다. 만약 녀석에게……."

오스왈트는 차마 말을 잇지 못했다. 잠시 무언가를 생각하던 리안은 결심한 듯 말했다.

"오스왈트, 이러고 있을 게 아니라 직접 찾으러 가봐야겠어요. 지금 당장 병사들을 소집해서 마구간 앞으로 집합시키세요."

"병사들을 내주신다면 저 혼자서도 괜찮습니다. 영주님까지 가실 필요는……."

"스캇과 클로드의 일인데 그럴 수는 없어요. 서두르세요. 지금 바로 출발할 테니."

"······네, 그럼 잠시 후 뵙겠습니다."

공연히 자신의 제자 때문에 리안까지 나선 것 같아 오스왈트는 죄스러운 마음이 들었다. 하지만 한편으론 감사한 것이 사실이었다.

병사까지 내어주는 리안의 처사에 그는 진심으로 고마움을 느꼈다.

오스왈트가 나가고 리안이 세린느에게 부탁했다.

"세린느, 퍼셀이란 학생의 기록부 좀 볼 수 있을까요?"

"네, 여기요."

이미 준비하고 있었던 듯 그녀가 두꺼운 서책 한 권을 건넸다. 몇 장 넘기지 않아 퍼셀이란 이름이 나왔다. 그곳에는 이름뿐 아니라 나이, 사는 곳, 가족 관계 등 제법 세세한 것까지 기록되어 있었다.

리안은 세린느의 허락을 받고 퍼셀의 기록부 부분을 찢어 품에 넣었다.

"오빠가 직접 가려고?"

"응, 자세한 건 가봐야 알겠지만 뭔가 느낌이 좋지 않아. 내가 직접 가서 해결하는 게 빠를 것 같아."

"알았어. 엄마께는 내가 알아서 잘 말씀드릴게."

성 밖의 영지로 나가는 일이니 오늘밤 안으로 돌아오기는 힘들 것이다. 조심하라는 레지나의 인사를 뒤로 하고 리안은 서둘러 마구간으로 향했다.

어느새 소식을 들었는지 마구간에는 알만의 모습도 보였다. 이미 이야기를 전해들은 듯 표정이 좋지 않았다.

리안은 알만과 몇 마디 말을 나눈 후 말을 내올 것을 지시했다.

오스왈트가 데려온 병사의 수는 일곱이었다. 리안과 오스왈트까지 합치면 일행은 총 아홉.

그런데 하인들이 마사에서 끌고 나오는 말의 수는 총 열 마리였다.

그것에 리안이 의아해할 때, 멀리서 익숙한 누군가의 모습이 보였다.

"라키?"

태양빛에 반사되어 반짝거리는 은빛 머리칼을 목까지 기르고 보무도 당당하게 걸어오는 사내는 라키아였다.

3년 사이에 더 커 버린 키하며 알맞게 그을린 피부, 길게 기른 앞머리 탓에 언뜻 언뜻 비치는 청록색 눈동자가 참으로 인상 깊었다.

"라키도 가려고?"

라키아를 본 리안은 내심 당황스러웠다. 오스왈트도 자리를 비우는 마당에 라키아까지 따라나선다면 무예를 가르칠 선생이 비게 된다. 그래서 일부러 말하지 않았는데 어떻게 알았는지 귀신같이 나타났다.

리안의 그런 속을 다 알기라도 하듯 다가온 라키아가

말했다.

"당분간 대리를 앉혀놨으니 수업은 걱정하실 필요 없습니다. 영주님이 가시는데 호위기사인 제가 꼭 따라가야지요. 안 그렇습니까?"

정중한 말투였지만 눈빛을 보아하니, 데려가지 않으면 큰일이라도 낼 기세였다.

요즘 부쩍 성의 생활을 갑갑해하는 그였다. 리안은 할 수 없이 라키아의 합류를 승낙했다.

"알만, 어머니께 잘 말씀드려줘. 그럼 갔다 올게."

"무사히 다녀오십시오."

리안의 성에서 퍼셀이 사는 마을까지 쉬지 않고 달리면 어두워지기 전에는 도착할 수 있었다.

알만의 인사를 끝으로 리안을 선두로 한 열 필의 말이 빠르게 성 밖을 향해 달려 나갔다.

* * *

퍼셀은 클로드보다 한 살이 많은 열아홉의 남학생이었다. 리안이 읽었던 기록부에 따르면 퍼셀은 책임감이 강하고 성격도 좋아 학우들 사이에서 인기가 좋은 학생이었다.

그의 집은 마을의 번화가에서 제법 떨어진 곳에 위치하고 있었다. 마을 사람의 안내를 받아 찾아간 집에는 퍼셀의 아버지와 쌍둥이인 듯한 어린 두 동생이 있었다. 어머니는 일을 나가고 안 계신 상태였다.

리안은 라키아만을 대동한 채 퍼셀의 집으로 들어갔다. 밖에서 볼 땐 금방이라도 쓰러질 것처럼 허름했던 것에 비해 안은 제법 아늑한 구조였다.

하지만 집안에 병자가 있는 듯 퀴퀴한 약 냄새가 진동을 했다.

누가 병자인지는 굳이 묻지 않아도 알 수 있었다. 쌍둥이 형제가 호기심에 찬 눈빛으로 리안과 라키아를 보는 것과 달리, 아버지는 병상에 누운 채 거동이 없었다.

"어디서…… 오셨습니까."

탁한 목소리가 침상 위에서 새어나왔다. 특별히 어디가 아파보이는 것은 아니었지만, 전체적으로 마른 몸에다가 혈색이 좋지 않았다.

리안은 잠시 안타까운 눈으로 그를 내려다보다가 입을 열었다.

"아드님인 퍼셀의 문제로 찾아왔습니다. 몇 주째 아카데미에 나오지 않고 있던데, 혹시 무슨 일이라도 생겼나 해서요."

"성에서 나오신 분들인가요?"

퍼셀의 동생이 불쑥 끼어들며 물었다. 리안은 미소를 지으며 되물었다.

"네 이름이 뭐니?"

"리드요. 얘는 제 동생 채드이고요. 근데 진짜 성에서 오신 건가요?"

"그래, 리드. 우리는 성에서 나왔어. 아무런 연락도 없이 퍼셀이 결석하는 바람에 영주님께서 걱정이 크시거든. 형에게 무슨 일이라도 있는 거니?"

대답을 이끌어내기 위해 리안은 최대한 다정한 어투로 말했다.

그것이 통했을까. 리드가 아버지를 흘깃 쳐다보더니 이내 줄줄 털어놓았다.

제법 조리 있게 설명하는 폼이 어린 나이임에도 꽤 똘똘했다.

"그러니까 지금 아버지 대신 형인 퍼셀이 그 마조리노란 자의 집에서 종살이를 하고 있다는 얘기야?"

"네, 그놈이 아버지를 이렇게 만든 것도 모자라서 보상금을 내놓으라고 했거든요. 집까지 팔아서 돈을 마련했는데, 그 정도로는 어림도 없다면서 돈을 더 요구했어요. 그래서 형이 할 수 없이……."

다시 생각해도 억울하다는 듯 리드가 끝내 눈물을 뚝뚝 흘리며 말을 잇지 못했다. 그러자 쌍둥이 동생까지 훌쩍거리며 방 안은 이내 울음바다가 되었다.

"다 제가 못난 탓입니다. 그 말이 그리 비싼 말인 줄 알고 있었으면 조심했어야 하는데……."

가진 것은 없지만 다복했던 가정이었다. 늦둥이 쌍둥이까지 낳을 정도로 부부 사이의 금실도 좋았고, 장남인 퍼셀은 마을에서 알아주는 똑똑한 청년으로 자라났다.

하지만 그 행복은 한 달 전 산산조각이 났다.

퍼셀의 아버지인 스카보는 마을에서 가장 큰 부자인 마조리노란 자의 집에서 마부로 일했다. 말을 다루는 능력도 능력이지만, 성실한 성격 탓에 마을에서 칭찬이 자자한 그였다.

그러나 사고는 예상치 못한 곳에서 터졌다. 마조리노가 가장 아끼는 말을 스카보가 그만 실수로 상처를 입힌 것이다.

뼈가 부러진 것도 아닌 그저 단순한 생채기였지만 마조리노의 분노는 엄청났다.

말 한 필의 가격이 노예보다 비싼 시대였다.

더구나 스카보가 상처 입힌 말은 어지간한 말들에 비해 가격이 몇 곱절이나 되는 명마 중에서도 명마였다.

구하기도 어려워 애지중지하던 말이 상처를 입고 피를 흘리자 주인인 마조리노는 그만 눈이 돌아갔다.

그때까지만 해도 건강하다 못해 기운이 넘쳤던 스카보가 침대에서 내려오지도 못하게 된 것은 그런 이유에서였다.

부리던 하인들을 동원해 스카보를 몽둥이찜질을 하고서도 모자라 마조리노는 엄청난 보상금을 요구했다. 남편을 살려내고자 그의 아내가 유일한 재산이었던 집까지 팔아 돈을 마련했지만 마조리노는 거기서 만족하지 않았다.

그래서 할 수 없이 보상금을 대신해 장남인 퍼셀이 마조리노의 집으로 들어가 종살이를 하게 된 것이다.

그때 마조리노가 한 말이 노예로 만들지 않은 것을 다행이라고 여기라고 했단다.

설명을 다 듣고 난 리안은 어이가 없었다.

고작 말이었다. 아무리 비싼 말이라 할지라도 세상에 사람의 목숨보다 중한 것은 없다.

이야기를 들어보니 딱히 어디가 크게 다친 것도 아니었다. 그저 가벼운 상처를 입었을 뿐이다.

그런데 멀쩡하던 사람을 한 달이 지나도록 움직이지도 못할 정도로 두들겨 팬 것도 모자라 돈까지 요구하다니.

"하아."

너무 기가 차서 뭐라 말도 안 나온다.

하지만 무엇보다 가장 화가 나는 건 이런 사실을 리안이 전혀 몰랐다는 것이다.

3년 전 플린을 몰아내며 리안은 분명하게 말했었다. 아무리 사소한 것일지라도 앞으로는 재판 없이 사람을 함부로 해할 수 없도록 할 것이라고.

만약 그런 자가 있다면 엄벌에 처할 것이라고 모든 영지에 공고했다.

불만이 있는 자는 소속된 영지의 관리를 통해 접수를 해서 재판을 받으면 되었다. 강간, 살인을 저지른 자라도 마찬가지였다.

특별한 예외가 있을 수 없었다.

말이 상처 입은 것이 그렇게 억울했다면 마조리노는 관리를 통해 재판을 청구했어야 했다.

또한 관리는 이 사실을 안 즉시 자신에게 보고를 올렸어야 했다. 만약 몰랐다면 그것은 업무 과실이라고 할 수 있었다. 태만으로 인한 업무 과실은 마땅히 처벌을 받아야 할 죄였다.

'더 꼼꼼히 살필 것을⋯⋯.'

리안은 영주로서 자책했다.

그에게는 영지의 각 지역에서 보고문이 수시로 올라온다. 보고문에는 걷은 세금에 대한 것은 물론이고, 영지의 특별한 상황이나, 문제가 되는 일 등 많은 것들이 적혀 있다.

그중 리안이 그동안 가장 크게 신경 쓴 문제가 평민들을 향한 관리들의 무분별한 처사였다.

권력을 이용해 공정치 못한 일처리를 하는 것이 다반사였기 때문에, 억울하게 당하는 영지민이 더 이상 생겨나지 않도록 리안은 특별히 노력을 기울였다.

하지만 모자랐던 모양이다.

감시자를 두어 살피기까지 했는데도 지금의 상황을 리안은 전혀 파악하지 못했다.

평민에 대한 고정관념 때문에 그중에도 부자가 있다는 걸 미처 생각하지 못했다.

권력이라는 건 돈으로도 생길 수 있는 것이고, 많은 돈은 사람을 부릴 수 있었다. 필시 마조리노와 관리 간에 무언의 거래가 있었음을 리안은 직감했다.

　어느 정도 생각을 정리한 리안은 떠나기 전 마지막으로 물었다.

　"혹시 말이야, 리드. 며칠 전에 누가 찾아오지는 않았니?"

　"며칠 전에요?"

　"응, 퍼셀과 같이 공부하던 학생 한 명이 이곳에 가본다고 하고는 연락이 안 돼서 말이야."

　"아, 혹시 클로드 형 말인가요?"

　"그래, 클로드. 이름도 기억하고 있구나. 혹시 지금 어디에 있는지 알고 있니?"

　내심 기대했지만 표정을 보니 아니었다.

　"모르겠어요. 형 이야기만 듣고 바로 갔거든요. 참, 마조리노네 집이 어디냐고 물어봐서 가르쳐 주긴 했어요. 근데 클로드 형만 연락이 안 되나요? 같이 왔던 형은요?"

　역시 스캇과 함께 왔던 것이 확실했다. 같이 왔던 형이라면 스캇을 묻는 것일 것이다.

　"응, 둘 다. 마조리노란 자의 집이 어딘지 나에게도 가르쳐 주겠니?"

　"그럼요. 어렵지도 않아요. 번화가로 나가서 아무나 붙잡고 물어봐도 다 알 텐데요. 우리 마을에게 가장 큰 집이니까요."

생각만으로도 분한 듯 리드가 씩씩거리며 설명했다. 리안은 그런 리드의 머리를 쓰다듬어주었다.

"그래, 고맙다. 그럼 조만간 다시 또 보자. 아저씨도 너무 염려하지 마시고 편히 쉬고 계세요. 곧 퍼셀을 만나보실 수 있을 겁니다."

"……고맙습니다."

성에서 나왔다고 하니 퍼셀의 가족은 일단 안심하는 눈치였다. 아직 아무것도 시작하지 않았음에도 스카보가 연신 리안과 라키아를 향해 고맙단 인사를 전했다.

"우리 형 돌아올 수 있는 거죠?"

"그럼, 오늘밤 안으로 볼 수 있을 테니 자지 말고 기다리는 게 좋을걸?"

쌍둥이 동생들의 기대 어린 시선을 뒤로 하고 리안은 서둘러 밖으로 나왔다. 두 아이를 일찍 재우기 위해서라도 이번 일을 빨리 해결할 생각이었다.

아이들을 향한 따뜻했던 눈빛이 밖으로 나온 순간 싸늘하게 변했다. 3년이란 세월을 지켜보면서 리안이 이런 표정을 짓는 것을 라키아는 거의 처음 보았다.

주인의 심기가 평소와 다르다는 것을 오스왈트와 병사들도 알아차린 듯 다들 긴장된 얼굴로 리안의 명을 기다렸다.

리안은 잠시 말없이 가만히 서 있었다. 그러다 결심한 듯 입을 열었다.

"가죠, 마조리노라는 자의 집으로."

벌써 날이 저물고 있었다. 더 어두워지기 전에 놈의 집에 도착해야 했다.

"저기군."

리드의 설명대로 리안은 번화가로 나가자마자 사람을 붙잡고 마조리노의 집을 물었다. 일러주는 대로 얼마쯤 달리자 큰 저택이 눈앞에 나타났다.

듣자하니 마조리노란 작자의 집안은 그의 아비 때부터 마을의 가장 큰 부자였다고 한다. 평민임에도 대농장을 소유한데다가, 번화가에 커다란 건물을 일곱 채나 갖고 있다고 했다.

귀족이어도 재산이 없으면 몰락 귀족이라고 불리는 세상이다. 반대로 평민이라도 재산이 많으면 귀족처럼 사람을 부리고 떵떵거리며 살 수 있었다.

마조리노가 그런 자였다. 그는 이 일대에서 영주인 리안보다 무서운 권력자로 군림하고 있었다.

리안은 잠시 마조리노의 집 대문을 노려보다가 병사에게 명령했다.

"너는 지금 당장 퍼셀의 아버지를 데리고 마을 광장으로 가 있어라."

"영주님?"

"라키, 보고만 있어."

리안의 목소리가 너무도 싸늘해 라키아는 조용히 뒤로 물러났다.

"오스왈트."

"예, 영주님."

"순행을 나왔다가 날이 저물어 하룻밤 지내겠다고 알리세요."

"순행이라니요? 왜 하필 저런 자의 집에서……."

뜻하지 않은 리안의 명에 오스왈트가 의아한 표정을 지었다.

"오스왈트, 다 생각이 있어서 그래요. 오늘만큼은 오스왈트도 평소와 달리 강하게 나가야 해요. 겁줄 자신 있죠?"

"네, 뭐 그거야 어렵지는 않습니다."

겁이라는 게 딱히 연기가 필요한 것도 아니었다. 일반 사람들이라면 검만 봐도 지레 겁을 먹고 오줌을 싸기도 하니 말이다.

리안이 무엇을 하려는 것인지는 몰라도 오스왈트는 일단 고개를 끄덕이며 병사들에게 지시했다.

병사들이 마조리노의 집 대문을 두드릴 때 리안이 라키아에게도 말했다.

"라키, 목에 힘 좀 줘."

"갑자기 뭐야? 말도 없이."

라키아가 불만으로 얼굴을 찡그리는 사이 저택의 대문이 살짝 열렸다.

"누구시오."

건장한 사내가 의심스런 눈빛으로 문을 열고 나왔다.
위아래로 흘깃거리는 모양새가 어떻게 대해야 할지 감이
잡히지 않는 눈치였다.

"어디서 오셨습니까?"

무장한 병사들을 보고 주눅이 든 듯 사내의 말투가 조금은
공손하게 변했다.

하지만 이쪽은 공손하게 나갈 생각이 조금도 없었다.

"여기가 마조리노라는 자의 집인가?"

"그, 그렇습니다만…… 어디서 오신 분들인지…….."

오스왈트가 강하게 나가자 건장한 사내는 몸을 살짝 움츠리며
조심스럽게 다시 물었다.

"확실히 이 근방에서는 그나마 괜찮은 집이군."

오스왈트는 건장한 사내를 옆으로 밀치며 대문 안으로
들어가려 했다.

"누구신데 이리도 무례…… 헉!"

오스왈트가 느닷없이 검을 뽑아 사내의 목에 가져다댔다.

"죽고 싶으냐?"

사내가 급히 도리질을 치며 침을 꿀꺽 삼켰다.

'오오, 잘하는걸?'

리안이 내심 감탄할 때 오스왈트가 분명하게 외쳤다.

"영주님의 행차이시다!"

"히익!"

사내의 얼굴이 흙빛으로 바뀌는 건 순식간이었다.

"여, 여기서 자, 잠시만 기다리십시오. 제가 금방 안에 기별을 넣겠습니다!"

사내는 긴장한 나머지 말까지 더듬으며 저택으로 뛰어 들어갔다. 그 사이 병사들이 마치 자신들의 집인 것처럼 대문을 활짝 열었고, 리안은 말에서 내리지 않고 저택 안으로 들어갔다.

잠시 후 저택 안에서 한 중년 사내가 허둥지둥 뛰어나왔다.

마조리노란 자의 첫 인상은 의외로 제법 괜찮았다.

잘 먹고 자란 듯 풍채가 좋았고, 아래로 처진 두 눈은 동네의 너그럽고 인자한 중년 아저씨를 보는 듯했다.

하지만 이리저리 빠르게 움직이는 눈동자만은 비열하고 음습한 냄새가 났다.

무엇을 먹다가 흘렸는지 앞가슴 부분에 붉은 소스가 잔뜩 묻어 있었다. 아마도 식사 도중 리안의 소식을 듣고 놀란 나머지 음식물을 떨어뜨린 모양이었다.

마조리노는 헐레벌떡 뛰어와 리안의 말머리 앞에 엎드리며 고개를 처박았다.

"영주님! 이 누추한 곳까지 어인 일로 행차를 다 하셨습니까! 미리 연락이라도 주셨으면 제가 마중이라도 나갔을 것을, 소인의 무례를 용서하십시오!"

리안은 그런 마조리노에게 시선조차 주지 않고 주위를 살피며 눈가를 찡그렸다.

"이런 곳에서 하룻밤을 지내야 하는 건가? 마음에 들지 않는군."

평소와는 다른 리안의 말투에 오스왈트가 눈을 반짝이며 대답했다.

"별수 없지만 그나마 이 근방에서 이 저택이 가장 좋은 곳이니 하룻밤만 참으시지요."

그리곤 우르르 몰려나온 하인들과 마조리노를 향해 호통쳤다.

"뭣들 하느냐! 어서 영주님을 모실 준비를 하지 않고! 네놈들이 경을 치고 싶은 것이냐!"

한 술 더 떠 검까지 다시 뽑아 공포 분위기를 조성하는 오스왈트였다.

하인들의 얼굴은 사색이 되었고, 마조리노가 서둘러 명령했다. 그의 재촉에 하인들이 부랴부랴 다시 저택 안으로 뛰어 들어갔다.

리안은 눈살을 찌푸린 채 말에서 뛰어내렸다.

"뭐하는 게냐? 어서 영주님의 말을 인계받지 않고."

마조리노가 눈치 빠르게 주위에 서 있던 하인에게 나직하게 명을 내렸다. 평민이면서도 행동은 거의 귀족에 가까웠다.

『라키, 마조리노에게 말고삐를 잡게 만들어.』

라키아는 귀가 아닌 머릿속으로 들려오는 리안의 목소리에 깜짝 놀라며 리안을 급히 돌아봤다.

『꼭 마조리노에게 말고삐를 잡게 해야 해. 알겠지?』

당황스럽기는 했지만 리안의 말에서 라키아는 뭔가를 알아차렸다. 그가 피식 웃으며 허리에서 검을 뽑았다.

챙!

그리곤 마조리노에게 다가가 그의 목에 검을 드밀었다.

"헉! 소, 소인이 무슨 잘못을……."

"감히 영주님의 말을 하인의 손에 맡기려는 것이냐?"

"그, 그 무슨……."

"구하기 쉽지 않은 명마다. 어디 더러운 하인의 손에 맡기려고 하느냐! 네놈이 하지 못할까?"

리키아의 호통에 마조리노는 하는 수 없이 벌벌 떠는 몸을 이끌고 리안의 말고삐를 잡았다.

리안은 그런 마조리노를 흘겨본 후 아무 말 없이 저택으로 걸음을 내딛었다.

"휴우."

마조리노가 이마에 난 땀을 소매로 훔치며 안도의 한숨을 내쉴 때였다.

리안의 몸에서 마나가 은밀하게 맴돌았다.

'홀드!'

리안의 마나가 땅으로 스며들어 마조리노의 발 하나를 속박했다.

"가자!"

마조리노는 리안의 말고삐를 당기며 발을 떼려고 했다. 하지만 한쪽 발이 움직이지 않았고, 그 바람에 발이 꼬여 몸이 앞으로 쓰러졌다. 그로 인해 말고삐가 강하게 당겨졌다.

그때 마나로 만들어진 자그만 침 하나가 리안의 손을 떠나 말의 엉덩이에 꽂혔다.

"푸히이이잉!"

거친 울음을 토해내며 말이 사방으로 날뛰었다.

자칫 말에 깔리면 중상을 입는다. 운이 없으면 죽을 수도 있다. 당연히 마조리노는 살기 위해 말고삐를 더욱 강하게 잡고 버틸 수밖에 없었다.

그렇게 억지로 잡고 매달리자 자연 마조리노의 몸과 말이 부딪히며 서로에게 상처를 입혔다. 세게 당겨지는 고삐로 인해서도 물론 상처가 생겼다.

재빨리 병사들이 나서서 말을 진정시키고 나서야 마조리노는 안도했다.

"휴우."

큰 상처 없이 살아난 것이 천만다행이었다.

그때였다.

차앙!

라키아를 시작으로 병사들의 창이 마조리노의 목을 겨누었다.

"감히 영주님의 고귀한 말에 상처를 내다니!"

"네놈이 정녕 죽고 싶은 모양이구나!"

"컥!"

가슴이 철렁 내려앉았다. 마조리노가 얼른 고개를 돌려 말의 상태를 살폈다.

몸통과 목 부근에 몇 개의 생채기가 눈에 들어왔다.

안 그래도 후들거리던 다리에 힘이 빠지며 마조리노가 땅바닥에 철퍼덕 주저앉고 말았다.

"죽일 것까지는 없다."

리안의 음성은 마조리노에게는 천사의 음성이나 다름없었다.

하지만 그 천사의 음성이 악마의 음성으로 바뀌는 데는 그리 오래 걸리지 않았다.

"가뜩이나 하인이 모자라는데 노예로 쓰도록 하지. 새로 짓기 시작한 공사 현장에 투입하도록."

마조리노의 얼굴은 새하얗게 변하다 못해 창백해졌다.

그런 그의 머릿속에 한 가지 기억이 떠올랐다.

그 어떤 잘못을 저지른 자라 해도 합당한 재판 없이는 처벌을 할 수가 없다는 영주의 공고였다. 그동안은 자신과 별로 상관없는 공고라고 여겼는데 이젠 아니었다.

그 기억은 마조리노의 구명줄이나 다름없었다.

"영주님! 억울하옵니다!"

"내 소중한 말에 상처를 내놓고 억울하다고? 무엇이 그리도 억울하지?"

리안의 거드름 가득한 얼굴이 구겨졌다.

"어떤 일도 재판을 거쳐야 한다고 하지 않았습니까! 공정한 재판을 열어주십시오!"

마조리노의 말에 리안의 입가가 살짝 말려 올라갔다. 자신이 뿌린 떡밥에 마조리노가 보기 좋게 걸린 것이다.

"좋다. 재판을 하지. 네놈은……."

"마, 마을의 광장에서 재판을 여는 것이 합당하다고 여깁니다."

사람들이 모인 곳에서 재판을 하는 것이 훨씬 더 공정할 수 있다는 걸 그는 알고 있었다. 더구나 마을 주민들의 동정심을 살 수 있는 기회이기도 했다.

리안은 당연히 흔쾌히 허락했다.

"이자를 광장으로 데려가라."

리안의 표정과 목소리에서 뭔가 이상한 느낌이 들었지만 마조리노는 현재 그런 것을 따질 입장이 아니었다. 오로지 살아야 한다는 생각뿐이었다.

병사들이 마조리노를 데리고 저택을 빠져나갈 때 리안이 오스왈트에게 조용히 명을 내렸다.

"아이들을 찾아서 데리고 오세요."

"곧 뒤따라가겠습니다!"

오스왈트의 복명 소리는 어느 때보다 우렁찼다.

*   *   *

광장에 때 아닌 소란이 일어났다.

이유는 마을의 최대 지주이자, 이곳에서만큼은 영주보다 더한 권력을 발휘하던 마조리노가 힘없이 병사들에게 끌려왔기 때문이다.

광장의 중앙에는 횃불들이 환하게 밝혀져 있었다. 리안은 우선 마조리노를 그곳에 꿇어앉혔다. 어느덧 사람들이 하나둘 모여들기 시작했다.

웅성거리는 소음이 아주 없지는 않았지만 그렇다고 대놓고 이야기를 나누는 이들도 없었다. 비록 병사들에 의해 마조리노가 끌려왔다고는 하나 아직은 다들 그를 두려워하고 있었다.

그렇다고 마조리노를 바라보는 마을 사람들의 시선이 따뜻한 것은 아니었다. 이곳에서 마조리노는 악명이 자자한 자였고, 그에게 당하지 않은 자가 없을 정도였다.

그렇게 잠시 시간이 흘렀다.

얼마 후 마을의 관리인 데본이란 자가 헐레벌떡 광장으로 뛰어왔다.

"이게 무슨 일인…… 헉!"

소식을 듣고 달려온 데본은 영지군 복장의 병사들을 보고 멈칫하며 헛바람을 들이마셨다.

"데본 나리, 데본 나리!"

데본이 나타나자 마조리노가 그를 애타게 불렀다. 하지만 그와는 달리 데본은 마조리노의 시선을 차갑게 외면했다.

마조리노는 포박된 채로 데본에게 기어가 그의 바짓가랑이를 잡고 늘어졌다.

"살려주십시오, 데본 나리. 억울합니다!"

"험험."

데본은 헛기침을 내뱉으며 그의 손을 뿌리치기 바빴다. 영지군 병사가 그를 잡아왔다는 것은 영주성의 누군가에게 잘못을 저질렀다는 의미였다.

그런 판국에 자신이 그의 편을 어찌 든단 말인가?

그건 같이 죽자는 것이나 다름없었다.

"잘 아는 사이인 모양이군."

그때 리안이 라키아를 대동한 채 마을 광장에 들어섰다.

"헉! 여, 영주님."

갑작스런 리안의 등장에 데본은 그야말로 깜짝 놀랐다. 그가 두 손을 휘저으며 서둘러 대답했다.

"아, 아닙니다. 그저 몇 번 인사를 나눈 것이 다입니다."

데본은 자신의 다리를 붙잡고 있는 마조리노의 손길을 거칠게 떼어놓았다.

"어허, 이 사람! 왜 이러는가?"

"데본 나리, 저입니다. 저, 마조리노입니다!"

"내게 무슨 억하심정이 있어 이렇게 달라붙는 것인가!"

데본은 우악스럽게 마조리노를 밀치며 리안에게 다가와 허리를 깊게 숙였다.

"저자와는 일면식만 있을 뿐 아무 사이도 아닙니다, 영주님."

리안이 눈매를 가늘게 만들자 데본의 안색이 더욱 파리해졌다.

"저, 정말입니다."

데본의 몸은 가늘게 떨리고 있었다.

하지만 리안은 그 모습을 못 본 척 넘기며 마조리노 앞으로 걸어갔다.

"네가 원하는 대로 재판을 시작하지. 시간이 없으니 간이 재판으로 하겠다."

리안이 병사에게 눈짓을 주자 병사가 상처 입은 리안의 말을 데리고 나왔다.

"이자가 감히 본 영주의 말에 상처를 입혔다. 그에 합당한 보상금을 청구하려 했지만 이자의 재산을 모두 처분한다고 해도 보상금에는 턱없이 모자라 그를 노예로 삼고자 한다."

"억울합니다! 제아무리 말이 명마라고 해도 어떻게 제 전 재산도 모자라 저까지 노예로 쓰시려고 하시는 겁니까! 데본 나리, 안 그렇습니까? 이보시오들, 안 그렇소?"

그때였다.

병사의 부축을 받으며 웬 중년의 사내가 모두의 앞으로 나왔다. 그는 퍼셀의 아버지, 스카보였다.

"말이 되오. 쿨럭, 쿨럭!"

"무, 무슨 소리를 지껄이려고 하는 것이냐?"

스카보의 등장에 당황한 나머지 마조리노는 리안이 있다는 사실도 까먹고 소리를 빽 질렀다.

"그새 잊었소? 당신도 내가 당신 말에 작은 상처를 입혔다는 죄로 내 집을 빼앗은 것으로도 모자라 내 아들을 노예나 다름없는 하인으로 데려가지 않았소! 그러니 내가 보기에 영주님의 판결은 전혀 이상하지 않소!"

병환으로 인해 스카보의 음성은 그리 우렁차지 않았지만 시퍼런 독기만은 살아 있었다.

"그 말이 사실이냐?"

"사실입니다, 영주님."

리안의 물음에 대답한 것은 퍼셀이었다. 누더기 같은 옷을 걸치고 군중들 사이를 헤치며 퍼셀이 걸어 나왔다.

"아울러 이자는 억울함을 풀기 위해 찾아간 제 친구들을 무단으로 감금까지 했습니다."

그런 퍼셀의 뒤로 스캇과 클로드가 걸어 나왔다. 분노로 부르르 떨고 있는 오스왈트의 모습도 보였다.

"재판도 열지 않았다고?"

리안의 목소리가 커졌다.

"그러고도 감히 본 영주에게 재판을 열어달라고 했단 말인가!"

리안의 목소리가 광장을 쩌렁쩌렁하게 울렸다.

"어떻게 된 것이냐?"

리안의 눈빛은 매서웠다.

"……"

데본이 새하얗게 질린 얼굴로 몸을 바들바들 떨며 아무런 대답도 하지 못했다.

"소인이 억울함을 호소했지만…… 쿨럭! 받아들여지지 않았습니다, 영주님."

스카보의 두 눈에 원통한 눈물이 뚝뚝 떨어졌다.

"그, 그건……"

데본이 무어라 변명을 하려는 때였다. 리안이 다시 한 번 큰 목소리로 말했다.

"내가 알아본 바로는 이 마을에서 재판은 단 한 번도 없었더군! 저자도 꿇려라!"

리안이 데본을 가리켰다.

"여, 영주님!"

데본이 애원의 눈길로 리안을 바라보았지만 리안은 그것을 매몰차게 거부했다.

"사, 살려주십시오!"

데본이 리안의 시퍼런 눈빛을 이기지 못하고 온몸을 와들와들 떨며 바닥에 바싹 엎드렸다.

"영주님, 소인의 억울함도 풀어주십시오!"

그때 머뭇거리던 한 영지민이 앞으로 튀어나오며 바닥에 넙죽 엎드렸다.

그게 시작이었다.

광장에 모여 있던 수십 명의 영지민들이 앞으로 우르르 몰려나와 저마다 무릎을 꿇으며 억울함을 호소했다. 지금은 시간도 늦었을 뿐더러 한 명 한 명 억울한 사연을 듣기에는 그 수가 너무 많았다.

"모두들 자리에서 일어나라."

리안이 바닥에 엎드린 영지민들을 향해 부드럽게 명했다. 잠시 망설이긴 했지만 이내 쭈뼛쭈뼛 다들 자리에서 일어났다.

리안은 그들에게서 시선을 떼고 오스왈트를 불렀다.

"오스왈트, 일단 마조리노와 관리를 감옥에 가두세요."

"네, 영주님."

오스왈트는 즉시 바닥에서 바들바들 떨고 있는 마조리노와 데본을 포박했다.

"라키, 성으로 지금 당장 사람을 보내야겠어. 일이 많을 것 같으니까 알만에게 관리 세 명과 함께 와달라고 전해."

"알겠습니다."

라키아가 눈짓하자 근처에 있던 병사가 재빨리 말에 오르며 달려 나갔다.

리안은 다시 영지민들을 향해 돌아섰다.

"억울한 자는 내일 동이 트면 관사로 찾아와 사연을

풀어놓으라. 단!"

영지민들을 향한 리안의 눈빛은 부드러우면서도 무척이나 단호했다.

"이 기회를 틈타 제 배를 불리려는 자가 있다면 엄벌에 처할 것이다!"

가녀린 몸 어디에서 이런 박력이 나오는 것일까. 리안의 우렁찬 말에 영지민들의 몸이 움찔거렸다.

다들 얼굴에 화색이 돌았지만 한편으론 불안감도 느끼고 있었다. 리안이 떠나면 다시 전처럼 자신들의 말이 무시당하지는 않을까 하는 불안함이었다.

그 눈빛을 리안이 못 느낄 리 없었다.

"당분간 내가 이곳에 직접 남아 재판이 공정하게 치러지는지 참관할 것이다."

리안은 단숨에 영지민들의 불안감을 씻어주었다.

"와아아아! 영주님 만세! 만세!"

"영주님 만세!"

며칠 후, 마을 광장에 공고문이 하나 붙었다.

성명 : 마조리노
신분 : 평민
죄명 : 살인, 폭력, 갈취 등

형벌 : 전 재산 몰수. 그중 반은 영지금으로 편입, 나머지 반은 피해자들에게 골고루 보상. 아울러 노예로 신분을 강등하고, 평생을 강제 노역에 처함.

　　성명 : 데본
　　신분 : 영지 관리인
　　죄명 : 직무유기 및 불법 자행
　　형벌 : 전 재산 몰수 및 20년 강제 노역에 처함.

　이 같은 사실은 꼬리에 꼬리를 물고 칼리스타 영지 전역으로 퍼졌다.

제4화

아사

  높은 천장과 사방이 확 트인 널찍한 곳이었다. 바닥에 온갖 기하학적인 무늬가 새겨진 그곳 중앙에 한 사내가 앉아 있었다.

  이제 더 이상 소년이라고 불리기에는 훌쩍 커버린 칼리스타 백작, 바로 리안이었다.

  리안은 책상다리를 하고 앉아 두 손을 무릎 위에 얹은 채 눈을 감고 있었다. 마치 기도라도 하듯 분위기가 엄숙했다.

  번쩍!

  절대로 떠지지 않을 것 같던 리안의 눈이 떠진 것은 어느 순간이었다. 아주 잠시지만 강렬한 황금빛이 그 눈 속에서 쏟아졌다.

"하아."

리안은 작게 심호흡하며 손을 들어 심장 부근으로 가져갔다.

두근두근.

규칙적인 심장박동수가 손을 통해 전해졌다. 그리고 그 옆으로 어제부로 조금 더 단단해진 마나하트가 느껴졌다.

2년 만에 찾아온 진전이었다.

처음 세이프리드에 의해 용언마법을 익히고 얼마 되지 않아 마법 실력이 한 단계 늘었다. 그때 받은 선물이 지금 유용하게 쓰고 있는 아티팩트들이다.

그로부터 1년 후 리안은 또다시 세이프리드의 음성을 들을 수 있었다.

공기가 들어찬 느낌에서 안개와 같이 변했던 마나하트의 상태가 그때 액체처럼 변했다.

그렇게 2년이란 세월을 보냈다.

영주라는 자리에 리안이 점점 익숙해질수록 마법 수련에 쏟을 시간은 그만큼 늘어났다.

그러나 그간 열심히 노력했음에도 별 진전이 없었다.

틈만 나면 레어로 와 마법 수련에 박차를 가했지만 마법의 벽은 높기만 했다.

그러다 바로 어제 저녁, 초심으로 돌아가자며 마음을 비웠던 게 적중한 것일까?

그토록 듣고 싶었던 세이프리드의 음성이 다시 들리며 리안의 마법은 한 단계 더 발전을 이뤘다.

당장 마나하트의 느낌부터가 달랐다.

액체 상태였던 마나하트가 고체화되었다고 해야 할까? 완벽하게 굳은 것은 아니지만 확실히 더 단단해진 느낌이었다.

서클의 개념으로 따지면 리안은 3년 만에 6서클 정도까지 오른 셈이었다.

제국의 제일가는 황실 마법사의 수준이 5서클인 시대에 그야말로 엄청난 일이라고 할 수 있었다.

리안은 자리에서 일어났다.

이제 마법 수련도 거의 다 마쳤으니 세이프리드의 선물을 확인하러 갈 시간이었다.

어제는 라키아와의 약속 때문에 시간이 없어 확인도 못하고 성으로 돌아갔지만 오늘은 괜찮았다.

새롭게 머릿속으로 들어와 있는 곳을 향해 리안은 서둘러 발길을 옮겼다.

목적지는 의외로 멀지 않은 곳이었다. 다만 리안이 평소 잘 가지 않는 곳을 거쳐야만 했다.

살아생전 세이프리드가 인간의 모습으로 변해 생활하던 공간으로 리안은 딱히 좋아하지 않는 곳이었다. 너무 여성적인 분위기가 묻어나는 곳이었기 때문이다.

화려한 것을 좋아하는 드래곤답게 안은 온통 호화롭게

꾸며져 있었다.

형형색색의 가구들하며 하늘하늘한 천들. 예전에도 그랬지만 왠지 딴 세계에 온 듯한 착각이 드는 곳이었다.

"레지나도 이런 걸 좋아할까?"

별 생각 없이 지나치던 중 문득 동생 생각이 났다. 올해로 열일곱 살이 된 레지나는 요즘 부쩍 꾸미는 것에 관심이 늘었다.

옷차림이나 장신구, 화장품은 기본이고 성의 인테리어에까지도 손을 뻗치고 있었다.

"흠."

방 안을 빙 둘러보던 리안은 이내 결심한 듯 옷장 문을 열었다.

역시나 짐작대로 여러 벌의 드레스가 가지런히 정리되어 걸려 있었다. 아무것도 모르는 리안이 보기에도 하나하나가 무척이나 아름다운 드레스였다. 드레스만큼은 아니었지만 드문드문 남성복도 몇 개 보였다.

'필시 이걸 보면 레지나가 좋아하겠지?'

리안은 그렇게 확신했다. 대충 봐도 동생이 갖고 있는 옷들과는 천의 재질부터가 달랐다.

지금 당장은 아니더라도 조만간 선물할 방법을 연구해 보아야겠다고 리안은 생각했다.

"자, 그럼 다시 가볼까."

옷장 문을 닫고 리안은 원래의 목적지를 향해 다시 나아갔다. 전에도 한 번 가본 적이 있던 곳인데 도착해 보니 방의 모양이 전과는 조금 달랐다.

크기가 더 넓어졌다고 해야 할까?

예전의 방 모양이 정사각형이었다면 지금은 직사각형에 가까웠다.

새로 생긴 공간에는 종류를 알 수 없는 여러 모양의 돌들이 빼곡하게 진열되어 있었다.

놀라운 점은 그런 돌들에게서 하나같이 강한 마나의 기운이 느껴진다는 것이었다.

"마정석……!"

리안의 머릿속이 번뜩였다. 바보라도 알 수 있는 상황이었다.

마나의 기운을 품고 있는 돌. 세상에서 그런 돌은 오직 하나, 마정석밖에 없다.

세이프리드의 이번 선물은 천만금을 주어도 지금은 얻을 수 없는 마정석이었던 것이다.

리안은 어느 때보다 깜짝 놀랐다.

첫 번째 선물로 아티팩트를 받았고 두 번째엔 마법무구를 얻었다. 그때마다 엄청나게 놀라며 감동을 했었는데, 지금은 그것에 비할 바가 못 된다.

마정석이 무엇인가?

대륙에 마법사가 활보하던 시대에도 부르는 게 값일 만큼

귀한 것이 바로 마정석이었다.

세상에 알려지기를 마정석은 본디부터 그 존재가 매우 희귀했다. 마법이 쇠퇴한 지금 훨씬 더 찾아보기 힘든 것은 말할 것도 없다.

오랜 기간을 거치고 거쳐 자연스레 마나의 기운을 축적하게 되었다는 마정석은 그 모양도 가지각색이지만, 축적한 마나의 양도 달라서 인간들이 매긴 등급만도 네 종류나 되었다.

리안의 머릿속에는 마정석의 등급을 알아볼 수 있는 방법이 3년 전부터 들어와 있었다.

그것에 따르면 이곳에 있는 대부분의 마정석은 최상급 마정석이었다. 물론 그 밑에 해당되는 것들도 당연히 존재했다.

아마 예전이라면 이게 다 얼마일까 생각하며 좋아했을 것이다.

하지만 지금 리안은 어엿한 마법사다. 일반인의 눈으로는 그저 마정석이 돈으로 환산되어 여겨지겠지만, 마법사인 리안에게는 아니었다.

벌써부터 리안의 머릿속이 바쁘게 돌아갔다.

그동안 리안이 전투 계열 마법에만 집중을 했다고 생각하면 오산이다.

물론 만약을 위해 호신술 개념으로 공격과 방어 마법에 신경을 쓰긴 했지만, 그보다 리안이 열중한 것은 보조 계열 마법으로 마법을 생활 속에 어우르게 하는 것이었다.

보다 편리하고 능률적으로 사용한다면 영지민들에게 크게 도움이 될 거라고 생각했기 때문이다. 그러한 일을 하는 데에 마정석은 필수라고 할 수 있었다.

마법이란 건 언제 어디서든 마나를 필요로 한다. 알다시피 마정석에는 많은 마나가 함축되어 있다.

그것은 곧 리안이 마정석을 이용해 마법을 걸어두면 굳이 시전자인 리안이 없어도 마법이 유지될 수 있다는 뜻이다.

마정석을 사용할 수 있는 마법은 무궁무진했다.

안 그래도 작년에 결성한 기사단을 위해 무언가 해줄 것이 없나 찾던 참이었다. 그런 때에 최상급의 마정석이 이토록 많이 생겼다는 것은 정말 기가 막힌 일이다.

'세이프리드……'

마법 실력이 높아지고 레어에서 얻는 것이 늘어날수록 그에 대한 리안의 마음도 점점 복잡 미묘해졌다.

단순히 고맙다고 말하기엔 이미 그 범위를 벗어난 지 오래다. 너무 많은 것을 받았다.

살아 있는 존재가 아니기에 보답을 해줄 길이 없다는 게 이토록 미안하고 죄스러운 일이란 걸 리안은 요즘 절실하게 느끼고 있었다.

부탁하건대 그대가 죽더라도 마법이 사장되지 않도록

힘써주길 바란다.
그대는 이제부터 나의 계승자다.

처음 세이프리드에게서 들은 말이다. 용언마법을 얻었다는 것에 그저 신기하고 좋아한 나머지 그의 부탁 따위는 지금껏 생각하지 못한 게 사실이었다.

하지만 이렇게까지 많은 도움을 받아놓고 더 이상 모른 척하는 것은 양심상 할 수 없었다.

뱅크 사업이 잘 되고 여유가 생기면 아카데미부터 세워 세이프리드에게 조금이나마 보답을 시작해야겠다.

'훗, 마법 아카데미를 세우면 다들 비웃겠지?'

명목상 아직 마법 아카데미는 대륙에 몇 개 존재하고 있다. 하지만 말뿐이고 실상은 일반적인 아카데미와 비슷하게 돌아가는 것이 현실이었다.

마법을 공부하는 학생의 수가 많지 않고, 그들을 가르칠 선생 또한 구하기가 어렵기 때문이다.

이름이 좀 있다 싶으면 다들 개인적인 연구를 하고 싶어 하지, 대부분의 마법사들은 학생들을 가르치는 데 시간을 낭비하고 싶어 하지 않았다.

리안이 세우는 아카데미도 분명 어려움이 따를 것이다.

그러나 세이프리드를 위해서라도 리안에게 그것은 꼭 해야 할 일이었다.

"일단 몇 개만 챙겨가자."

마정석을 하나 집어 주머니에 넣으려다가 리안은 잠시 멈칫했다.

크기가 일정한 건 아니지만 대개가 어른의 주먹보다 조금 더 큰 크기였다. 주머니에 잘 들어가지도 않을뿐더러 모양새가 좋지 않았다.

잠시 고민하던 리안은 서둘러 어딘가를 갔다 왔다. 그런 리안의 손에는 웬 가방 하나가 들려 있었다.

다름 아니라 그 가방은 얼마 전에 리안이 직접 경량화는 물론 보존 마법과 공간 확장 마법을 걸어둔 가방이었다.

리안은 가져온 가방에 마정석을 조심조심 옮겨 담기 시작했다. 마법 가방답게 마정석이 다섯 개나 들어가고서도 무게는 물론 모양에 아무런 변화가 없었다.

리안은 흡족한 얼굴로 가방을 등에 메고 레어를 나섰다. 생각보다 시간이 오래 걸리지 않았기 때문에 오늘은 그동안 미뤄왔던 일을 하고 갈 참이었다.

리안이 비밀문을 통해 레어 밖으로 나갔을 땐 날이 이미 어둑해져 있었다.

구우우 구우우.

가까운 곳에서 올빼미의 울음소리가 밤의 장막을 틈타 날아왔다.

"라이트!"

희미하게 달이 떠 있었지만 구름에 가려져 앞이 잘 보이지 않았다. 리안은 일단 시야 확보를 위해 라이트 마법을 시전했다.

리안의 앞으로 곧 빛의 구 세 개가 떠올랐다. 그것들은 각기 정면과 좌우로 날아가 주위를 환하게 밝혔다.

리안은 일단 레어 주변을 벗어나기로 했다. 겉으로는 산으로 보일지 모르나 이 근처는 대부분 레어에 속했다.

밤중에 산속을 홀로 걷기는 참으로 오랜만이었다. 떨어진 나뭇잎 때문인지 걷는 내내 바스락거리는 소리가 뒤를 이었다.

그렇게 얼마쯤 걸었을까.

리안은 이쯤이면 되었겠다 싶은 곳에서 걸음을 멈추고 탐지 마법을 시전했다.

탐지 마법이란 이름처럼 숨겨져 있는 무언가를 찾기 위한 마법이다.

일순 리안의 시야가 온통 까맣게 변했다. 눈앞의 세상이 전부 흑색이 되더니 어느 순간 조금씩 색을 발하는 것들이 생겨났다.

처음 발견한 것은 황금색이었다. 그렇다는 것은 곧 그곳에 금이 있다는 소리였다.

그러나 지금 리안이 원하는 건 금이 아니었다. 빨강, 파랑, 노랑 등등 다양한 색들이 속속 보였다.

과연 보석을 좋아하는 드래곤이라고 하더니 레어 주변에는 화려한 광물들이 줄을 이었다.

리안은 레어에서 조금 더 벗어나보기로 했다. 지금까지 발견한 것들만 해도 무척 비싸고 귀한 것들이지만 리안이 필요로 하는 건 철이었다.

무기를 만들 때 가장 필요한 건 값비싼 보석이 아니라 철이었다.

아름다움과 단단함을 더하기 위해서 다른 광물들이 필요한 건 사실이지만, 주재료가 철이란 건 부정할 수 없다.

"응?"

탐지 마법에 열을 올리며 주변을 탐색하던 중, 리안은 어떤 기척을 느꼈다.

리안은 즉시 탐지 마법을 거두고 그 기척에 집중했다.

"사람?"

이 깊은 산중에서 사람과 마주칠 거라곤 전혀 생각하지 못했다.

하지만 가능성이 아주 없지는 않다. 과거 세이프리드의 레어를 발견한 것도 약초꾼이질 않은가.

느껴지는 기운이 좋지 않았다. 점점 숨소리가 옅어져 가는 것이 부상을 입었거나 탈진상태인 것 같았다.

리안은 망설이지 않고 달려갔다.

몰랐으면 모를까, 안 이상 죽어가게 내버려둘 수는 없었기 때문이다.

거리는 생각보다 멀었다. 그동안 마나 장악력의 범위가 늘어난 탓인지 꽤 먼 거리의 기척까지도 느낀 모양이었다.

리안은 서둘렀다.

아무리 그가 치료 마법이 가능한 마법사가 되었다고 해도 죽은 자를 살려낼 수는 없다. 그건 레어에 있는 치유홀도 마찬가지였다.

어떤 상처든 깨끗이 치유해 주긴 하나 죽은 걸 살려내는 것은 치유홀도 불가능했다.

"헉헉."

급히 달려온 탓에 숨이 조금 찼다. 이제 앞의 풀숲만 넘으면 상대를 만날 수 있었다.

"……?"

그런데 뭔가 좀 이상했다. 풀숲 너머로 웬 빛이 새어나오고 있었다.

리안은 고개를 들어 하늘을 올려다봤다. 여전히 달은 구름에 가려진 상태였다.

모닥불을 피웠나 싶었지만 아니란 걸 알 수 있었다. 장작이 타는 소리도 들리지 않았고, 빛의 종류가 달랐다.

은은하게 새어나오는 저 불빛은 분명 모닥불이 아닌 다른 무엇인가로 인해 생긴 것이었다.

조금 전까지 몹시도 서둘렀던 기색은 온데간데없고 리안은 신중하게 앞으로 나아갔다. 혹시 모를 사태를 대비해 라이트 마법을 취소하고 실드 마법을 몸에 둘렀다.

"……!"

리안이 제일 처음 본 것은 짐승의 꼬리였다. 신기하게도 꼬리의 색이 황금색이었다. 기운을 잃은 듯 금색 꼬리가 힘없이 바닥에 축 늘어져 있었다.

분명 느껴지는 기척은 인간이었던 것 같은데 와서 보니 아니었다.

그 사실에 고개를 갸웃하며 리안이 한 발짝 천천히 걸음을 옮겼다. 잠시 후, 완전한 동물의 모습이 리안의 시야에 들어왔다.

"헉!"

절로 헉 소리가 튀어나왔다.

태어나 이런 동물은 처음 본다. 머리와 몸통은 물론, 꼬리와 네 다리, 심지어 얼굴에 난 수염까지도 온통 황금빛 일색이었다.

전신이 금빛 털로 뒤덮인 짐승이 있을 거라곤 전혀 상상조차 하지 못했다.

빛의 정체는 다른 게 아니었다. 일대를 환하게 만든 것은 저 금빛 털들이었다. 지금도 동물에게선 황금빛 광채가 흘러나오고 있었다.

생김새는 마치 고양이 같았다. 하지만 고양이라고 하기엔 크기가 조금 컸다.

그렇다고 표범이라고 하기에는 무리가 따랐다. 딱 그

중간쯤이라고 해야 할까?

그래도 굳이 분류를 하자면 느낌상 고양이에 가까웠다. 표범이라면 얼룩무늬가 있어야 할 테니 말이다.

처음 보는 신기한 생명체로 인해 리안은 잠시 상황도 잊고 그저 입을 벌린 채 놀라고만 있었다.

그런 리안의 정신을 돌아오게 한 것은 짐승의 신음소리였다.

"키힝……."

"아!"

상대가 인간이 아니란 사실에 그만 잊고 있었다. 리안은 재빨리 달려가며 치료 마법을 외쳤다.

긴 털에 가려져 미처 몰랐는데, 가까이에서 살펴보니 상처가 꽤 심각했다.

여러 마리의 맹수들과 싸우기라도 한 듯 몸 전체가 할퀴고 물어뜯긴 상처로 뒤덮여 있었다.

특히나 목 주변은 깊이 파인 자국들이 선명하게 보일 정도였다. 몸통 부분도 상처가 깊은 건 마찬가지지만 그간 혀로 핥은 듯 상태가 다소 양호했다.

"리스토어!"

어느덧 리안의 이마에 땀이 송골송골 맺혔다. 벌써 네 번째 시전하는 치료 마법이었다.

역시나 치료 마법에는 마나가 많이 든다는 걸 실감했다. 고작 네 번 사용했을 뿐인데, 벌써 마나하트에 찬 마나의 양이 바닥을 보이고 있었다.

거기에 상처가 깊은 탓인지 회복되는 속도가 너무 더뎠다. 이쯤이면 깨어날 법도 한데 여전히 의식조차 차리지 못하고 있었다. 그만큼 상태가 심각하다는 뜻일 것이다.

리안은 고민했다.

한낱 짐승일 뿐이지만 인연이 닿은 이상 이대로 놔둘 수는 없었다. 자신이 할 수 없다면 치유홀에라도 데려가 치료하는 것이 도리였다.

인간이 아니라는 게 다행이라면 다행일 것이다. 아무리 죽어가는 자라 할지라도 레어만큼은 데려가는 게 꺼려질 테니 말이다.

그러나 말 못하는 짐승이니 그럴 이유가 전혀 없다. 리안은 서둘러 경량화 마법을 걸고 고양이를 품에 안았다.

더 이상 라이트 마법은 필요 없었다. 이미 충분한 빛이 고양이로부터 흘러나오고 있었기에 앞을 보는 데에는 조금의 지장도 없었다.

"휴우."

레어에 도착하자마자 치유홀로 달려가 고양이를 내려놓았다. 이제 리안이 할 일은 상처가 낫고 깨어나기를 기다리는 것이었다.

그런데 무슨 일일까?

분명 보이는 외상은 완벽하게 나았다. 예전 리안이 처음 치유홀을 발견했을 그때처럼 전신에 나 있던 상처가 눈 깜짝할 사이에 회복되었다.

클린 마법까지 손수 써가며 몸을 깨끗이 닦아주기까지 했다. 피와 땀으로 얼룩져 있던 털들이 지금은 자르르 윤기가 흘렀고 더욱 밝은 빛을 내뿜고 있었다.

하지만 무슨 까닭인지 눈을 뜨지 않았다.

죽은 것은 아니었다. 숨을 쉰다는 증표로 짐승의 배가 오르락내리락하고 있었다.

리안은 기다렸다. 피로가 쌓여 깊은 잠에 빠졌을 수도 있다고 여겼기 때문이다.

하지만 시간이 흘러 아침이 왔음에도 고양이는 여전히 깨어나지 않았다.

무방비 상태의 동물을 밖에다 다시 내어놓을 수도 없고, 그렇다고 레어에 둘 수는 더욱더 없었다.

조금 있으면 서재로 하녀들이 아침을 가져올 것이다. 자신이 보이지 않으면 이상하게 여길 것이 분명하다.

하녀뿐 아니라 라키아도 문제였다. 언젠가부터 리안과 라키아는 서재에서 함께 아침 식사를 하는 것이 하루의 일과 중 하나가 되었다.

"일단 데려가자."

깨어나지 않는 것도 왠지 꺼림칙했다. 잘못될 경우를 대비해서라도 가까운 곳에 두는 것이 지금은 최선의 선택이었다.

동의도 없이 함부로 데려가는 것이 좀 미안했지만 자신의 마음을 안다면 이해해 줄 거라 믿었다.

"워프!"

손목에 차고 있던 대지의 숨결에서 무형의 기운이 뻗어 나와 리안을 감쌌다. 고양이를 품에 안은 리안의 모습이 순식간에 레어에서 사라졌다.

리안이 다시 나타난 곳은 그의 침실 한쪽에 난 작은 방이었다. 리안은 만약을 위해 항상 작은 방의 문을 잠그고 그곳에서 레어로 가곤 했다.

"영주님, 라키입니다!"

"헛."

도착하자마자 문밖에서 라키아의 음성이 들렸다. 리안은 기겁하며 재빨리 고양이를 침대 위에 내려놓았다.

"어, 잠깐만!"

그리곤 서둘러 옷매무새를 만지고 막 일어난 척 밖으로 나갔다.

"웬일로 늦잠이야? 게다가 왜 그 방에서 나와?"

이미 라키아는 문을 열고 안으로 들어와 있었다. 늦어진 아침 식사 때문인지 평소보다 말투가 거칠었다.

하여튼 저놈의 식욕이 문제라면 문제다.

"좀 피곤해서……. 가자, 밥 먹으러."

왠지 더 지체했다간 라키아가 방으로 들어가기라도 할 것 같아 리안은 서둘렀다. 다행히 별 의심 없이 앞장서 나가는 라키아를 보며 리안은 안도의 한숨을 내쉬었다.

식사 후 리안은 잠시 짬을 내 다시 침실을 찾았다. 혹시나 그 사이 깨어나서 낯선 환경에 겁을 먹고 있으면 어쩌나 걱정을 했는데, 다행히 아직 자고 있는 상태였다.

할 수만 있다면 끝까지 옆에서 지켜보고 싶었다. 그러나 알다시피 리안은 바쁜 몸이다.

'차라리 늦은 밤까지 푹 쉬어주면 좋겠는데…….'

안쓰러운 눈으로 잠시 고양이를 내려다보던 리안은 다시 문을 닫고 집무실로 향했다.

다음 달이면 영지와 황도, 두 곳에서 칼리스타 뱅크가 정식으로 간판을 달고 영업을 시작한다. 뱅크 사업을 하려면 간단하게 신고 절차를 밟아야 하는데, 그것을 위해 내일 알만은 먼저 황도로 떠날 것이다.

오늘은 알만이 떠나기 전 마지막 점검을 하는 날이었다.

"다들 먼저 와 있었네."

집무실에는 알만 말고도 클로드와 퍼셀, 그리고 황도의 지점장을 맡아줄 포와티어가 자리해 있었다.

포와티어는 설리번 뱅크에서 20년을 넘게 일해 온 경력자로 아카데미의 학생들에게 회계 업무를 가르친 선생이기도 했다.

아무래도 뱅크 사업의 첫 시작을 여는 일이다 보니 그의 도움이 많이 필요한 것 같아 리안이 특별히 부탁하여 황도의 지점장으로 발령을 냈다.

이미 그의 뒤를 대신할 선생도 두 명이나 뽑아놓았기에 그의 부재에 대해서 걱정할 필요는 없었다.

"영주님, 안녕하십니까."

포와티어의 굵직한 음성 뒤로 클로드와 퍼셀의 씩씩한 목소리가 이어졌다.

아직 정식으로 아카데미를 연 것은 아니지만, 클로드는 아카데미의 첫 수석 졸업생이 되었고, 아까운 점수 차이로 퍼셀은 차석을 차지했다.

리안은 이미 그 둘을 황도의 뱅크로 보내기로 생각을 마친 상태였다.

칼리스타 뱅크의 본점이 리안의 영지에 차려지는 건 당연한 사실이지만, 본점보다 더 크고 사람이 많이 모일 곳은 황도에 차려질 지점이었다.

가장 똑똑한 두 친구가 황도로 가 제대로만 해준다면 칼리스타 뱅크의 앞날은 밝았다.

얼굴들을 보니 이미 자신들이 불려온 이유를 대충은 짐작하고 있는 것 같았다. 다른 때와 달리 리안을 바라보는 눈들이 사명감에 타오르고 있었다.

두 녀석이라면 아마 잘 해낼 것이다.

리안은 흐뭇한 미소를 지으며 입을 열었다.

"알만, 황도에 도착하면 제일 먼저 지점부터 들리도록 해. 젠센이 알아서 잘 하고 있겠지만 아무래도 알만보다는 덜 꼼꼼할 테니까."

"네, 안 그래도 그럴 생각이었습니다. 그래도 너무 걱정하지는 마십시오. 젠센이 좀 그렇기는 해도 제가 시킨 일을 허투루 하는 자는 아니니 마음 놓아도 되실 겁니다."

"응, 그보다 황도로 데려갈 학생들은 다 뽑았어?"

회계 능력도 중요하지만 지점장인 포와티어가 강조한 것은 뱅크를 찾는 손님을 상대하는 기술이었다.

얼마 전부터는 수업까지 따로 개설해 가르치고 있었고, 그러면서 황도에 데려갈 인재들을 면접을 통해 뽑는다는 결정을 내렸었다.

"클로드와 퍼셀까지 합쳐서 일단 스무 명 정도 데려갈까 생각 중입니다. 물론 가드는 포함하지 않은 수입니다."

스무 명이면 적은 수는 아니었다. 하지만 틀이 잡히기 전까지 손이 많이 가는 것을 감안하면 적당한 인원이었다.

"음, 괜찮네."

뱅크를 지킬 가드는 이미 뽑아놓은 상태였다. 라키아의 험난한 수련을 통과한 그들을 기다린 건 본인들도 놀란 엄청난 실력 향상이었다.

대륙의 수많은 뱅크 중에 가드 전원이 소드 유저인 곳이

과연 몇이나 될까?

장담하건대 칼리스타 뱅크가 유일할 것이다.

물론 다른 뱅크에도 소드 유저 이상 급의 가드는 분명 존재한다. 하지만 그 수는 그렇지 않은 자들보다 많지 않은 것이 일반적이었다.

아직 소규모이기 때문에 상대적으로 가드의 수는 적을지 모르나, 실력 면으로는 가히 으뜸이라고 할 수 있었다.

리안의 가드 중 처음부터 소드 유저였던 자들은 현재 소드 익스퍼트 초입에 들었거나 중급까지 오른 자도 있었다.

리안은 특별히 그런 자들을 뽑아 작년에 결성한 기사단으로 편입시켰다.

무예를 익히는 모든 자들의 꿈이란 아마도 실력 있는 기사단에 드는 것일 것이다. 의도하지 않았지만 리안의 그런 결정은 가드들에게 엄청난 자극제가 되었다.

더구나 임시이긴 하지만 기사단의 단장을 맡은 것은 다른 누구도 아닌 라키아였다.

능력 있는 가드가 되는 것도 중요하지만, 기사단에 들기 위해, 라키아의 대원으로 들어가기 위해 지금도 가드들은 연무장에서 열심히 수련에 임했다.

라키아의 밑에서라면 이전보다 훨씬 더 강해질 수 있다는 걸 느끼기에 3년이란 세월은 너무도 충분한 시간이었다.

"저기, 영주님께 드릴 말씀이 있습니다."

이야기가 거의 끝나갈 쯤 조용히 대화를 듣고만 있던 클로드와 퍼셀이 동시에 입을 열었다.

그러면서도 둘은 대화를 끊은 것에 대해 죄스러운 표정을 짓고 있었다.

리안은 괜찮다는 뜻으로 웃으며 허락했다. 조금 긴장한 듯 클로드가 침을 삼키더니 말하기 시작했다.

"퍼셀 형과 며칠 전에 우연히 대화하다가 생각한 건데요, 당첨 이벤트를 여는 건 어떨까요?"

"당첨 이벤트?"

"네, 포와티어 선생님께 들었습니다. 영주님께서 칼리스타 뱅크를 서민들을 위한 뱅크로 만드시겠다고 하셨다면서요?"

"응, 계속 말해 봐."

"아시다시피 현존하는 뱅크들은 대개가 귀족들이나 돈 많은 상인들만을 상대합니다. 서민들의 돈은 액수가 적다고 아예 보관조차 해주지 않죠. 대출도 마찬가지입니다. 돈이 필요해서 대출을 받으려고 해도, 가진 것이 없다고 문전박대를 당하기가 일쑤입니다. 결국 예나 지금이나 서민들이 갈 곳은 비싼 이자를 물어야 하는 고리대금밖에 없지요."

"아직 못 들은 거야?"

클로드의 말처럼 리안이 운영 방침으로 세운 것은 서민들을 위한 뱅크였다.

단돈 1쿠퍼를 맡겨도 이자를 지불하는 것은 물론 경쟁

업체보다 훨씬 저렴한 이자로 서민들에게 돈을 빌려줄 생각을 하고 있었다.

기존의 뱅크들은 어떻게 보면 다들 바보라고 할 수 있었다. 그들은 시내가 모여 강물이 되고, 강물이 모여 바다가 되듯, 적은 돈이 모이면 큰돈이 된다는 아주 간단한 이치조차 잊고 있었다.

수백, 수천의 서민들의 돈이 모이면 그것도 하나의 거대한 돈이 된다는 것을 안다면 그들을 절대 박대할 수 없다.

리안은 이러한 차별성을 두고 뱅크를 운영할 생각이었다. 이미 알만과 포와티어와는 얘기가 끝났는데, 아무래도 클로드와 퍼셀은 거기까진 듣지 못한 모양이었다.

그래도 리안은 둘이 장하게 느껴졌다. 벌써부터 그런 점을 꼬집어가며 자신에게 건의를 하고 있지 않은가?

백 번이라도 칭찬해 주고 싶은 모습이었다.

알만과 포와티어가 뱅크의 영업 방침에 대해 간단하게 둘에게 설명했다. 그러자 이미 예상이라도 했다는 듯 클로드와 퍼셀은 의외로 반응들이 담담했다. 그저 고개를 끄덕이며 이해의 표시를 할 뿐이었다.

그것에 리안이 갸웃할 때 이번에는 퍼셀이 말했다.

"서민들을 위한 뱅크를 세우신다는 말씀을 들었을 때부터 어느 정도 짐작은 하고 있었습니다. 다른 귀족이라면 몰라도 영주님께서는 충분히 그런 생각을 하시고도 남을 분이라고 제가 장담했죠. 물론 클로드는 아니었지만요."

리안의 시선이 자연스레 클로드를 향했다. 그러자 클로드가 슬쩍 그 눈길을 피하며 시선을 아래로 깔았다.

"저희가 드리고 싶은 말씀은 이겁니다. 서민들을 무시하는 뱅크가 많다보니 자연스레 뱅크에 대한 감정이 다들 좋지 않습니다. 아무리 영주님이 뱅크의 문턱을 낮추신다 해도 서민들을 쉽게 끌어 모으기란 어려울 것입니다."

"그럼 당첨 이벤트란 게……."

"네, 창립 기념으로 고객들에게 번호표를 발부하는 겁니다. 그리고 나중에 추첨을 통해 일등부터 삼등까지 뽑아 당첨금을 지급하는 거죠. 예를 들어 일등은 10골드, 이등에겐 5골드, 삼등은 3골드, 이렇게 말입니다."

자신의 생각이 어떠냐는 듯 퍼셀이 눈을 빛내며 주위를 빙 둘러봤다. 가장 먼저 입을 연 것은 알만이었다.

"저는 대찬성입니다! 서민들에게 10골드라면 몇 년이 지나도 쉽게 모으기 힘든 거금입니다. 소식을 들으면 너도나도 뱅크로 찾아올 것이 분명합니다!"

그답지 않게 알만은 조금 흥분된 목소리였다. 그가 클로드와 퍼셀을 대견하다는 듯 연신 칭찬했다.

아직 아무런 말은 안 했지만 리안도 그런 알만과 거의 다르지 않았다. 거기까지는 그도 미처 생각하지 못했다.

그저 열심히 하다 보면 알아서 소문을 듣고 서민들이 뱅크를 찾아올 거라고만 막연히 생각했지, 이런 방법으로 고객을 끌어 모을 수 있을 거라고는 조금도 생각해 보지 못했다.

리안이 말이 없자 클로드와 퍼셀이 불안한 듯 시선을 교환했다. 잠시 후, 리안의 눈길을 피하기 바빴던 클로드가 다시 말문을 열었다.

"물론 호응이 좋지 않을 수도 있습니다. 믿지 않는 사람도 있을 테니까요. 하지만 첫 당첨자가 나오고 당첨금을 지불했다는 사실이 알려지면 달라질 겁니다. 그때 가서는 아예 번호표를 돈을 받고 팔아도 없어서 못 팔 걸요?"

'오호, 거기까지?'

말하는 것을 보니 꽤 깊은 곳까지 심도 있는 구상을 해본 게 확실했다.

역시 투자한 보람이 있었다.

"보니까 다른 것도 생각해 둔 게 많은 것 같은데, 다 얘기해 보지 그래?"

승낙의 표현이었다.

자리가 자리인지라 환호성을 지르지는 못하지만, 클로드와 퍼셀이 서로를 마주보며 어깨를 들썩였다.

둘은 용기를 얻은 듯 그동안 나눠왔던 여러 얘기를 하나둘 털어놓기 시작했다.

리안을 포함한 알만과 포와티어는 그들의 말을 들으면 들을수록 놀라움을 금치 못했다. 그중 뱅크업에 직접 종사했던 포와티어의 반응은 어느 때보다 격했다.

중간 중간 무릎을 내려치며 감탄하는 모습이 마치 지난날 자신은 왜 그걸 몰랐을까, 하는 후회가 내비치기도 했다.

클로드와 퍼셀은 공부를 마치면 자신들이 뱅크에서 일을 하게 될 거란 걸 처음부터 알고 있었다.

그런 탓인지 3년이란 세월을 공부하면서 그들의 화제는 자연스레 뱅크가 되었다.

그런 와중에 현 뱅크들의 단점에 대해서 말하기 시작했고, 개선점에 대해서도 토론을 하게 된 것이다.

그중에는 실현이 불가능하다거나 좀 아니다 싶은 것도 있었지만, 획기적이면서도 좋은 아이디어도 많았다. 특히나 몇 개는 대히트를 치고도 남을 만큼 대단했다.

다음 달로 잡은 개업 시점을 늦출 수는 없었다. 클로드와 퍼셀의 의견으로 인해 새로 시작해야 할 일들이 늘었지만, 리안은 밤을 새서라도 마무리를 지을 작정이었다.

"알만, 아무래도 클로드와 퍼셀에게 보너스를 지불해야 할 것 같은데?"

"아무렴요. 당장 시행하겠습니다."

리안이 먼저 말을 꺼내지 않았다면 나중에라도 알만이 그러자고 할 참이었다.

뚜껑은 열어봐야 알겠지만 알만은 예감이 좋았다. 클로드와 퍼셀이 내건 아이디어라면 뱅크계에 새바람을 일으키고도 남았다.

아직은 어리다고만 생각했는데 어느새 이렇게 믿음직스럽게 성장했다. 그동안 눈여겨봐 왔던 클로드이기에 더욱 뿌듯했다.

그런 알만의 마음을 아는지 모르는지 리안의 입에서 보너스란 말이 나오고 나서부터 클로드의 입가가 연신 실룩거렸다.

그 속을 어찌 모를까?

옛날부터 돈에 관해서라면 비상하게 돌아가는 머리였다. 누구나 인정하는 짠돌이답게 돈이라면 자다가도 벌떡 일어나는 게 바로 클로드 녀석이다.

안 봐도 뻔했다.

당연한 일을 했을 뿐이라는 퍼셀과 달리, 지금 녀석의 머릿속에는 계산기가 빠르게 돌아가고 있을 것이다.

리안은 피식 웃으며 알만에게 눈짓했다. 그것이 알아서 넉넉하게 챙겨주라는 뜻임을 알만도 이제는 안다.

리안을 향해 흐뭇함과 감사함이 뒤섞인 미소를 지으며 알만이 고개를 끄덕였다.

                    *   *   *

밀린 업무와 개인 수업까지 받고 나자 어느덧 시간은 밤중을 달려가고 있었다.

공부라면 진절머리를 쳤던 예전 주인 탓에 선생들의 발길이 뚝 끊겼다가 다시금 북적이기 시작한 것이 2년 전부터다.

어쩔 수 없는 경우를 제외하곤 리안은 거의 모든 과목의 수업을 빼먹지 않는 아주 착실한 학생이었다.

늦은 시각, 침실로 돌아온 리안은 바로 곯아떨어졌다. 고단한 탓일까. 그런 리안의 머릿속은 작은 방에 놔둔 존재에 대해선 이미 까마득하게 잊은 지 오래였다.

칠흑 같은 어둠이 사라지고 여명이 찾아왔다.

여느 날처럼 새벽닭이 우는 소리에 리안은 기지개를 켜며 몸을 뒤척였다. 어디선가 좋은 냄새가 나는 것 같아 저절로 입가에 미소가 지어졌다.

"하암."

이불이 이렇게 부드러웠던가?

오늘 따라 피부에 와 닿는 이불의 감촉이 유난히 마음에 들었다. 그답지 않게 오늘 하루만큼은 게으름을 피우고 싶을 정도로 이불 밖으로 나가기가 싫었다.

리안이 바로 일어나지 못하고 비몽사몽간에 갈등을 하고 있을 때다.

갑자기 가슴 언저리에 누군가의 손길이 느껴졌다.

화들짝 잠이 달아나는 것은 당연지사.

리안의 눈이 번쩍 떠졌다.

"헉!"

이렇게 놀라는 게 얼마만인지 기억도 나지 않는다.

맙소사, 혼자가 아니었다.

가슴에 얹어진 손을 따라 천천히 리안의 시선이 움직였다.

제일 먼저 황금빛 머리칼이 눈에 들어왔다. 놀라울 정도로 풍성한 금빛 머리칼이 침대 위에 아무렇게나 흩어져 있었다. 머리칼에 가려져 얼굴은 보이지 않았지만 가느다란 손목을 보니 여인임이 분명했다.

'이게 대체……!'

리안은 한손으로 가슴에 올라온 손을 들어 조심히 침대에 내려놓고 슬금슬금 침대 아래로 내려왔다.

머릿속이 그저 멍했다.

뭐가 어떻게 된 건지 하나도 모르겠다.

기억 속에는 분명 어젯밤 혼자 잠이 들었다. 어제뿐 아니라 리안은 항상 혼자 잠을 잔다. 영주가 되고서 여인을 품은 적은 단 한 번도 없었다.

자신이 기억을 잃은 것이 아니라면 자신이 자고 있을 시간에 무단으로 저 여인이 들어왔다는 얘기다.

'성에서 일하는 하녀인가?'

하녀 중에 금발머리가 없지는 않다. 하지만 저렇듯 길고 풍성한 금발을 가진 여인은 본 적이 없다.

결정적으로 피부색이 너무 까맸다. 생활환경에 따라 혹은 선천적으로 피부톤이 어두운 사람도 있긴 하지만, 침대 위

여인은 그 정도가 꽤 심했다.

그렇다고 리안의 머리색처럼 아주 새까만 것도 아니었다. 보통 사람들보다 어둡다는 뜻이다.

"으아함."

갑자기 여인이 잠꼬대를 하며 엎어져 있던 몸을 바로 뉘였다.

"……!"

그리고 리안은 보았다. 여자라고 하기엔 다소 무리가 있는 판판한 가슴을.

숱 많은 머리칼에 가려져 여전히 얼굴은 보이지 않았지만 가슴이 너무 납작했다. 일말의 의심이 될 만한 그 어떤 굴곡도 찾아보기 힘들었다.

'나, 남자……?'

침입자가 여인이 아닌 남자라는 사실에 리안은 더 큰 충격을 받았다.

귀족가에서 일하는 하녀들이 알몸으로 육탄 공세를 한다는 소리는 과거에 소문으로 들어본 적이 있다.

하지만 사내라니?

이불에 가려져 있어 아래는 어떨지 모르나 머리칼 사이사이로 보이는 웃통은 분명 아무것도 입지 않고 있었다.

당연히 리안은 비록 잠옷이긴 하나 상하의를 빼놓지 않고 챙겨 입고 있었다.

'휴.'

그 사실에 리안은 괜스레 가슴을 쓸어내렸다.

사내를 깨울까 하다가 리안은 마음을 안정시키고자 일단 소파에 자리를 잡고 앉았다.

놀란 가슴을 진정시키고 보니 아무리 자고 있었다고 하지만 누군가 들어오는 것도 몰랐다는 사실에 기가 막혔다.

만일 저 사내가 나쁜 마음을 먹었다면 자신은 그대로 방어 한 번 못한 채 허무하게 죽을 수밖에 없었다.

마법을 익힌 지 올해로 3년이다.

갑자기 그동안 자신이 무얼 했나 싶다.

나름 열심히 수련을 했다고 생각했는데 어느새 풀어져 방심을 한 모양이다. 긴장의 끈을 놓지 말자고 스스로 그렇게 되뇌었건만, 역시 인간이란 망각의 동물이었다.

'앞으론 정말 조심해야겠군.'

자조 섞인 미소를 지으며 리안은 머리를 쓸어 넘겼다.

'응?'

불현듯 누군가의 시선이 느껴진 것은 그때였다.

리안의 고개가 침대를 향해 빠르게 돌아갔다.

"……!"

리안과 마주친 것은 신비로운 호박색 눈동자였다. 아직 잠에서 완전히 깨어나지 못한 듯 몽롱한 눈빛으로 사내가 리안을 바라보고 있었다.

아니, 사내라는 표현은 적절하지 않았다. 소년이라고 부르는 것이 더 어울렸다.

깨어난 얼굴을 보니 그는 리안보다도 어린 것 같았다. 계란형의 까무잡잡하고 작은 얼굴에 크고 긴 눈, 알맞게 솟은 코와 앙증맞은 붉은색 입술이 무척이나 잘 어울리는 귀여운 인상의 소년이었다.

하지만 곱슬거리는 풍성하고 긴 금발 때문인지 소년의 분위기는 어딘가 모르게 굉장히 화려했다.

어쩐지 요염해 보인다고나 할까?

지금도 그는 마치 자신의 침대인 것처럼 아주 편안하면서도 자연스러운 자세로 리안의 침대에 누워 있었다. 허리 부근에 아슬아슬하게 매달린 이불이 그 순간 참으로 다행이란 생각이 들었다.

소년은 한참을 멀뚱멀뚱 리안을 쳐다봤다. 그러다 한손으로 턱을 괴며 반쯤 몸을 일으켰다. 그 탓에 머리칼에 가려져 있던 소년의 상반신이 적나라하게 드러났다.

마른 몸매에 비해 소년의 가슴은 의외로 꽤 탄탄해 보였다. 꾸준히 운동을 해온 듯 까만 피부에 탄력이 넘쳤고 군살은 조금도 보이지 않았다.

"잘 잤어?"

리안이 내심 감탄을 하는 찰나, 소년이 물었다.

"……뭐?"

리안은 순간 어이가 없어 헛웃음을 뱉을 뻔했다. 저렇듯 아무렇지도 않게 자신에게 인사를 할 수 있는 이는 이곳에서 결코 많지 않다.

감히 영주인 자신에게 어느 누가 저런 식으로 물을 수 있단 말인가?

어머니와 레지나, 그리고 라키아만이 가능한 말투였다.

다음 말은 더욱 가관이었다.

"나 배고파. 밥 좀 줘."

"……여긴 어떻게 들어왔지?"

리안은 소년의 말을 무시하기로 했다. 그러자 기분이 상한 걸까?

"쳇, 자기가 데려와 놓고 그건 왜 묻는데."

소년이 뾰로통한 표정을 지으며 투덜거렸다. 그 모습이 순간 너무 귀여워 리안은 잠시 상황을 잊을 뻔했다.

"누가 데려왔다고?"

"그쪽 말이야. 그쪽이 나 데려왔잖아."

자기야말로 어이가 없다는 듯 소년이 리안을 보며 인상을 썼다.

리안은 기가 찼다. 자신이 그새 기억상실증에 걸렸을 리는 없다. 그런데 본 적도 없는 녀석을 자신이 무슨 수로 데려온단 말인가?

"난 거짓말하는 사람을 별로 좋아하지 않아."

리안은 얼굴을 굳히며 경고했다.

"역시 알아보지 못하는 건가?"

갑자기 소년이 풀이 죽은 듯 알아들을 수 없는 말을 홀로 중얼거렸다. 그 말투가 왠지 자신을 원망하는 것 같아 리안은 움찔했다.

"나도 거짓말은 좋아하지 않아. 아니, 경멸해. 내가 가장 좋아하던 형이 제일 잘하는 게 알고 보니 거짓말이더라고."

"……?"

"내 이름은 아사. 살려줘서 고마워."

"무슨 소……!"

소년의 계속되는 알아들을 수 없는 말에 리안이 화를 내려 할 때였다.

녀석의 긴 머리칼이 마치 살아 있는듯 움직이며 그의 몸을 칭칭 감싸기 시작했다.

그 기괴한 모습에 리안이 경악할 때, 소년에게서 밝은 빛이 뿜어져 나왔다.

그리고 잠시 후, 빛이 사그라지고 난 자리엔 소년은 온데간데없고 대신 황금색 고양이가 커다란 눈을 깜박이며 리안을 바라보고 있었다.

이틀 전 리안이 산맥에서 구해 주었던 바로 그 고양이였다. 믿을 수 없게도 고양이의 눈은 소년의 호박색 눈동자와 꼭 닮아 있었다.

그러고 보니 고양이에 대해서 지금껏 깜박하고 있었다는 사실을 깨달았다. 어젯밤 너무 피곤한 나머지 침실로 오자마자 잠이 든 기억이 난다.

  "이제 기억나?"

  "......!"

  이미 사람에서 고양이로 변신하는 과정을 보았음에도, 고양이가 말을 한다는 사실에 리안은 깜짝 놀라 숨을 훅 들이마셨다.

  "어제는 고마웠어. 인간에게 도움을 받을 줄은 정말 몰랐는데 말이지."

  고양이, 아니 이름이 아사라고 했던가?

  아사가 긴 황금색 꼬리를 가지런히 말며 신기하다는 눈빛으로 리안을 응시했다.

  은은히 빛나는 금빛 털은 밤에 보는 것과는 확연히 그 차이가 났다.

  어둠 속에서 빛을 뿜어내는 몸체 탓에 밤엔 신비로운 느낌이 강한 반면, 낮에는 화려함의 극치를 보여주고 있었다.

  어느 것 하나 특별하지 않은 것이 없었다.

  하늘거리는 금빛 털은 물론, 쫑긋 솟은 귀, 하늘의 별처럼 반짝이는 커다란 눈동자, 매끈한 몸매.

  고양이의 모습을 하고서도 아사의 느낌은 인간형이었을 때와 별반 다르지 않았다.

리안을 보며 호기심 어린 눈동자를 깜박거리는 모습은 그 자체만으로도 몹시 사랑스러웠다. 두 귀를 젖히며 시선을 돌릴 땐 어딘가 모르게 굉장히 교태스럽기까지 했다.

아사가 갑자기 허리를 구부려 자신의 몸을 핥기 시작했다.

기분 탓일까?

녀석의 혀가 핥고 지나간 자리가 더 밝게 빛나는 듯한 착각이 일었다.

몸단장을 마친 듯 이번에는 세수를 시작했다. 앞발에 침을 발라 얼굴을 닦는 모습이 영락없는 고양이와 똑같았다.

'귀여워.'

이틀 전만 해도 다 죽어가던 녀석이 이러고 있다는 게 리안은 뿌듯하면서도 재미있단 생각이 들었다.

'헉!'

그러고 보니 녀석을 데리고 치유홀을 갔었다.

당연히 말 못하는 짐승인 줄 알고 그랬던 것인데, 갑자기 불안한 마음이 슬금슬금 피어오른다.

기억하고 있을까?

"……언제부터지?"

"뭐가?"

리안이 묻자 아사가 세수를 마치고 고개를 들었다.

"깨어난 거 말이야. 이곳에 데려올 때까지도 의식을 차리지 못하던데."

"아아, 그전부터. 너무 졸려서 도저히 일어날 수가 없었거든."

"졸려서……? 그럼 처음부터 정신을 차리지 못한 게 아니고, 자고 있었다는 거야?"

"응, 맞아."

설마 아니겠지 하고 물은 말에 날벼락 같은 대답이었다. 리안은 순간 너무 당황스러워 말이 헛나갈 뻔했다.

그러자 아사가 이상하다는 듯 꼬리를 팔랑거리며 고개를 갸웃했다.

"……그런데 말이야."

리안이 머릿속으로 수만 가지 생각을 떠올리고 있을 때 아사가 궁금한 눈빛으로 입을 열었다.

"여긴 어디야?"

"뭐?"

"어제 그곳은 아닌 것 같아서 말이야."

"……어제 그곳이라니?"

"네가 날 치료해 주었던 곳은 분명 여기와는 기운이 달랐어. 날 어디로 데려온 거야?"

어제 그곳을 찾기라도 하듯 아사가 작은 머리를 이리저리 돌려가며 방 안을 훑었다.

리안은 움찔했지만, 서둘러 적당히 둘러댔다.

"내가 사는 곳이야. 네가 깨어나질 않아서 일단 이곳으로 데려온 거고."

"그래?"

"응, 이렇게 된 거 아침 식사 후 원래 있던 곳으로 데려다 줄게. 여기서 그리 멀지 않으니까 너무 불안해하지 않아도 돼."

"나 하나도 안 불안한데?"

"……그럼 다행이고."

"그리고 당분간 여기서 지내는 것도 재밌을 것 같아. 내가 가고 싶어지면 그때 알아서 갈 테니까 데려다 줄 필요도 없어."

앞발을 앞으로 쭉 뻗어 시원하게 기지개를 켜고는 아사가 침대 아래로 날렵하게 뛰어내렸다. 그리곤 사뿐사뿐 걸어가 다시 창가 위로 뛰어오르더니 창밖을 감상하기 시작했다.

리안은 자신이 지금 무슨 말을 들은 건지 잘 이해가 되지 않았다.

이곳에서 지내겠다니?

주인은 자신이었다. 허락도 받지 않고 이런 식으로 마음대로 결정을 내릴 수는 없는 것이다.

"헤헤, 해가 뜨고 있네."

바깥 풍경이 마음에 든 듯 고양이의 몸을 하고선 아사가 사람의 웃음소리를 냈다. 그것이 묘하게도 잘 어울린다고 생각하며 리안이 말했다.

"이봐, 여기 주인은 나야. 최소한 그런 결정은 나에게 허락을 맡아야 하는 거 아냐?"

"넌 허락 받았어?"

"뭐?"

"허락도 없이 날 여기로 데려온 건 너야. 설마 잊은 건 아니겠지?"

"그거야 그땐 네가 깨어나질 않아서……."

"좀 기다렸으면 됐잖아. 혹시 그러지 못할 이유라도 있었나?"

"……!"

마치 뭔가를 알고 있는 듯한 어조라서 리안은 순간 아무 대답도 할 수 없었다.

지금에서야 하는 생각이지만 그때 그냥 레어 밖에서 깨어나기를 기다리는 게 오히려 나았겠다 싶었다.

자신이 없어졌다고 성이 시끄러워지긴 했겠지만 지금처럼 골치가 아프지는 않았을 테니 말이다.

갑자기 하루 사이에 녀석을 어디서 데려왔다고 말해야 하며, 녀석을 누구라고 소개해야 할지 리안은 머릿속이 막막했다.

무엇보다 가장 큰 걱정은 제멋대로인 저 성격이었다. 아직 대화를 나눈 지 불과 한 시간도 채 되지 않았지만, 녀석의 성격이 어느 정도일지 대충 짐작이 갔다.

'끙.'

예상치 못한 사태 때문인지 갑자기 두통이 몰려왔다. 오른쪽

관자놀이가 지끈지끈거리는 게 참 오랜만에 겪는 고통이었다.

"하아훔."

그것을 아는지 어쩐지, 아사가 입을 쫙 벌리며 늘어지게 하품을 했다. 그리곤 창문턱에 머리를 올리더니 꾸벅꾸벅 졸기 시작했다.

좀 전까지 배고프다고 한 게 누구였더라?

리안은 그저 어이가 없을 뿐이었다.

제5화

칼리스타
뱅크

"영주님, 접니다."

리안이 잠든 아사를 지켜보며 이러지도 저러지도 못하고 있을 때였다. 평소라면 서재로 갔어야 할 라키아가 아침부터 리안을 찾았다.

"자, 잠깐!"

리안은 깜짝 놀라 자리에서 일어서며 소리쳤다. 하지만 이미 방문은 열리고 난 후였다.

"아, 아침부터 웬일이야?"

리안은 순간적인 기지를 발휘해 아사가 잠든 창가 쪽을 몸으로 교묘히 막아섰다. 다행히 눈치채지 못한 듯 라키아가 팔짱을 끼며 벽에 기대섰다.

"오늘은 일찍 일어났군."

"어제는 피곤했다니까."

"오늘도 피곤할 수 있잖아. 여하튼 그럼 가자고."

다행히 이른 아침 방문에는 별다른 뜻이 없었다. 라키아는 그저 어제처럼 늦은 아침 식사를 하고 싶지 않았을 뿐이다. 오만한 귀족답게 그는 기다리는 것을 가장 질색했다.

"야옹~"

라키아를 선두로 막 문밖으로 나가려는 순간이었다. 갑자기 어디선가 고양이의 울음소리가 들려왔다.

"……!"

"어?"

리안은 기겁했고, 라키아는 고개를 갸웃하며 자리에 멈춰 섰다. 그의 시선이 천천히 소리의 진원지를 향해 돌아갔다.

"어, 얼른 안 나가고 뭐해?"

리안은 초조한 기색을 애써 감추며 재빨리 라키아의 옆으로 한 발짝 다가섰다. 창가를 향한 라키아의 시선을 막기 위해서였다.

하지만 불행히도 라키아의 키는 리안보다 머리 하나는 더 컸다. 당연히 리안의 방해에도 불구하고 라키아의 시선은 정확히 창가를 향했다.

"야아옹."

그 눈길에 대한 화답이었을까?

잠에서 깨어난 아사가 예쁘게 꼬리 끝을 말며 작은 울음소리를 냈다. 그 모습이 마치 자기도 데려가라는 듯 애절해 보였다.

"……고양이?"

라키아의 눈동자가 점점 커지는가 싶더니 그가 특유의 인상을 쓰며 리안을 향해 물었다.

생김새하며 울음소리가 영락없는 고양이였지만 아무래도 외형이 너무 특이하다보니 확신이 서지 않는 눈치였다.

하긴, 금빛 털을 가진 고양이가 어디 흔하겠는가.

리안은 대충 얼버무렸다.

"아마도……."

"희한하게 생겼군. 어디서 난 거야?"

라키아는 열었던 문을 닫고 아사를 향해 걸어갔다.

그런데 희한하다는 표현을 이럴 때도 쓰던가?

신기하다는 뜻이니 맞는 표현이긴 하나, 리안이 아사를 보고 처음 느낀 것은 그보다는 아름답다는 것이었다.

하지만 라키아의 반응은 그런 쪽과는 거리가 있어 보였다. 그저 희귀한 생명체를 만났다는 사실을 신기하게만 여길 뿐 얼굴 어디에서도 감탄의 기색은 보이지 않았다.

그것을 아사도 느낀 걸까?

라키아를 향한 아사의 눈빛에 미묘한 변화가 일었다.

"어디서 났냐니까?"

아사에게 신경을 쓴 나머지 미처 대답을 못한 리안에게 라키아가 재차 물었다. 리안은 적당히 둘러댔다.

"산에서."

"산?"

"응, 어제 바람 좀 쐬려고 잠깐 성 뒤편의 산에 올랐었거든. 그러다 우연히 다친 걸 발견하고 집으로 데려온 거야."

아사가 두 눈을 시퍼렇게 뜨고 있으니 어느 정도는 그때의 상황과 비슷하게 나가야 했다. 라키아가 더 이상 꼬치꼬치 묻지 않기를 바라며 리안은 어색한 미소를 지었다.

다행히 라키아는 수긍하는 듯했다.

"지금은 멀쩡한 걸 보니 치료 마법이 성공했나보군."

뜬금없이 홀로 밤중에 산에 갔다는 게 이상하긴 했지만 라키아는 일단 눈앞의 짐승에게 집중하기로 했다.

"금색 털을 가진 고양이라……. 이거 팔면 돈 꽤 받겠는걸?"

아사의 쫑긋 솟은 귀가 납작 뒤로 처지는 것이 보였다. 분위기상 절대 좋은 뜻은 아니었다.

리안은 서둘러 라키아를 나무랐다.

"라키, 당사자 앞에서 그게 무슨 말이야. 고양이가 무슨 물건도 아니고."

"신기해서 그렇지. 넌 언제 이런 동물 본 적 있어? 수염까지도 금색인데, 이놈?"

라키아가 흥미로운 표정으로 아사의 얼굴을 향해 손을 가져갔다.

라키아의 긴 손가락이 아사의 수염에 닿기 직전이었다.

촤악!

아사가 돌연 발톱을 세우며 앞발을 휘둘렀다.

"아사!"

처음 보는 아사의 공격적인 모습에 리안은 깜짝 놀라 소리를 질렀다. 반면 라키아는 이전보다 더 재미있다는 눈길로 아사를 내려다봤다.

아사는 여전히 원래의 자세 그대로 창가에 앉아 있었다. 하지만 자신의 공격이 실패로 돌아간 것에 대한 분노인지 라키아를 향해 적의를 가득 드러내고 있었다.

"아사, 진정해. 여긴 내 친구야. 너를 해칠 생각은 조금도 없어."

"아사? 그게 이놈 이름이야?"

리안이 둘 사이로 끼어들며 아사를 품에 안았다. 방금 전 자신에게는 발톱을 휘둘렀던 놈이 얌전히 리안의 품에 안기자 라키아는 왠지 마음에 들지 않았다.

"라키, 오늘 아침은 혼자 먹도록 해. 나는 이곳에서 아사와 함께 먹는 게 낫겠어."

"지금 이놈 때문에 나보고 혼자 밥을 먹으라는 얘기야?"

자신의 물음에 리안이 대답을 하지 않았다는 사실도 잊은 채 라키아는 황당해서 물었다.

지난 3년 동안 둘은 하루도 거르지 않고 아침 식사를 함께 해왔다. 특별히 그러자고 약속을 한 것은 아니지만 어떡하다보니 그렇게 됐다.

그래서일까?

라키아는 태어나 처음으로 서운함을 느꼈다. 매번 같이 해오던 것을 너무도 아무렇지도 않게 깨어버리는 리안의 태도에 우습게도 마음이 언짢았다.

"흥분한 아사를 혼자 두고 갈 수는 없잖아. 라키가 이해해줘."

"이해는 무슨……."

"캬릉!"

그만 닥치고 나가라는 듯 아사가 라키아의 말을 자르며 리안의 품속에서 으르렁거렸다. 당황한 리안은 서둘러 라키아에게 나갈 것을 종용했고, 라키아는 어이를 잃은 채 그렇게 밖으로 쫓겨났다.

"아사, 진정해. 라키는 그냥 호기심에 그랬던 것뿐이야. 그렇게 흥분할 필요 없다고."

리안은 라키아가 나가자마자 아사를 침대 위에 내려놓고 달래기 시작했다. 하지만 그럴 필요가 전혀 없었음을 이내 깨달았다.

방금 전까지의 사납던 기세는 온데간데없이 사라졌다.

아사는 리안의 품에서 벗어나자마자 몸단장을 하기에 여념이 없었다.

리안에게 안겨 있던 탓에 헝클어진 털들을 그로부터 장장 십여 분이 넘도록 핥고 또 핥아댔다.

리안은 아예 침대 한쪽에 털썩 주저앉아 그 모습을 멍하니 지켜봤다. 잠시 후, 이전보다 더욱 완벽해진 모습으로 아사가 얼굴을 들었다.

"앞으로 쭉 고양이인 척할 건가?"

"글쎄."

리안이 묻자 아사가 다시 사람 말을 시작했다.

"아까는 왜 그랬지?"

"내가 뭘?"

"앉아서 생각한 건데 왠지 너라면 라키가 널 해치려고 한 게 아니란 걸 알았을 것 같아서 말이야. 갑자기 왜 그랬던 거야?"

아사가 평범한 고양이었다면 모를까. 녀석이 아직 자신의 정체를 밝히지 않았지만 리안은 아사가 묘인족이라는 데 전 재산을 걸 수 있었다.

일전에 책에서 본 적이 있었다. 묘인족이란 고양이와 인간의 피를 동시에 가진 자들로 세상과 어울리지 않고 자신들만의 왕국에서 살아간다고 했다.

밤에만 동물형으로 변신을 할 수 있는 다른 수인족과는 달리, 그들은 언제 어디서든 자유자재로 변신할 수 있는 능력과 인간이 상상할 수 없는 육체적인 힘을 지니고 있다고 들었다.

조금 전 아사의 움직임은 장난이라고 하기엔 다소 무리가 따랐다. 리안의 시력으로도 제대로 따라갈 수 없는 스피드였던 것이다.

라키아였으니 피했지 아마 다른 사람이었다면 손등에 큰 상처를 입었을 터였다.

리안이 묘한 눈길로 계속 바라보자 아사가 하는 수 없다는 듯 어깨를 으쓱이며 말했다.

"그냥 시험을 좀 해봤을 뿐이야."

"시험이라니?"

"음, 뭐랄까. 강함의 정도라고 해야 할까?"

방금 전의 일이 다시 떠오른 듯 아사가 눈을 가늘게 뜨며 마땅찮은 시선으로 문가를 노려봤다.

리안은 내심 깜짝 놀랐다. 아사는 그저 라키아를 한 번 보았을 뿐이다. 그런데도 보통 사람과 라키아가 다르다는 것을 한눈에 알아본 것이다.

묘인족답게 본능적으로 라키아에게서 무언가를 느낀 것일까?

"그래서 어떤 것 같아?"

리안은 과연 아사가 라키아에 대해 어떤 판단을 내렸을지 궁금했다.

아사는 잠시 고민하는 듯하더니 짧게 한마디 했다.

"강해."

"……그리고?"

라키아가 강한 거야 리안이 누구보다도 잘 아는 사실이다. 검을 쥐고 하는 일대일 대결에서 라키아를 이길 수 있는 자는 제국에서 현재에도, 미래에도 존재하지 않는다.

"좀 특이해."

"특이?"

"응, 인간이란 원래 다 이런가?"

"무슨 뜻이야?"

아사의 표정이 왠지 심상치가 않아 리안은 자신도 모르게 긴장했다.

"너하고 아까 그자 말이야. 뭔가 달라."

"다르다니?"

"몰라서 묻는 거야?"

오늘만 벌써 두 번째였다. 마치 뭔가를 알고 있는 듯한 저 말투.

한없이 귀엽게만 보이다가도 이럴 때의 아사는 왠지 나이를 가늠할 수 없는 묘한 분위기를 풍겼다.

리안이 아무 말도 못한 채 멍하니 바라보자 아사가 새침한 표정을 지으며 침대 아래로 뛰어내렸다.

"뭐, 상관없어. 그거야 내 알 바 아니지."

아사가 금빛 꼬리를 휘날리며 다시금 창가로 뛰어올랐다.

"중요한 건 모처럼만에 재미있는 상대를 만났다는 거야. 안 그래?"

리안의 대답 같은 건 애초부터 들을 생각이 없는 게 분명했다. 아사가 자신의 긴 꼬리를 우아하게 말며 보란 듯이 창가에 다시 몸을 눕히고 눈을 감았다.

또 잠이라도 자려는 건가?

리안은 눈살을 찌푸리며 자리에서 일어났다. 그때 갑자기 아사가 감았던 눈을 떴다.

"참, 당분간은 이대로 있어줄게. 너도 그게 좋겠지?"

"……?"

"내가 고양이의 모습을 하고 있는 거 말이야. 사실 나도 그게 편할 것 같긴 하거든. 인간들과 이래저래 말 섞기도 귀찮고."

"나도 인간이거든?"

아사가 조용히 고양이로만 지내준다면 리안이야 더 바랄 게 없다. 고양이의 모습도 충분히 화제가 될 테지만, 인간형일 때보다는 나을 것 같기 때문이다.

하지만 그럼에도 불구하고 인간이 귀찮다는 발언은 조금 기분이 나빴다. 이곳에 머물러 달라고 자신이 부탁한 것도 아니지 않은가?

자기 맘대로 결정을 내려놓고 저런 식으로 말하는 건 마음에 들지 않았다.

그러나 다음 순간 그런 마음은 눈 녹듯이 사라졌다.

"넌 좀 특별하니까."

리안의 착각일 수도 있지만 그렇게 말하는 아사의 눈빛에는 애정과 신뢰가 가득했다.

생명을 구해준 은인이기 때문일까?

아사의 그 눈길에 리안은 이제껏 느껴보지 못했던 기이한 어떤 느낌을 받았다.

아사에 대한 소식은 하루도 채 지나지 않아 성내에 파다하게 번졌다. 황금빛 고양이가 실존한다는 사실에 다들 신기해하며 넋을 놓고 아사를 바라봤다.

아사는 리안이 가는 곳은 어디든 따라다녔다. 그럴 때마다 라키아를 제외한 모든 사람들의 귀여움을 독차지한 것은 물론이다.

첫날의 안 좋았던 기억 때문인지, 아사와 라키아는 으르렁대지만 않을 뿐 보고도 못 본 척, 있어도 없는 척 서로를 무시하며 지냈다.

그러다 사달이 난 것은 아사가 리안의 성에 온 지 한 달 정도가 지났을 때였다.

그날은 평소와 같은 아침이었다.

콰앙!

갑자기 침실 문이 난폭하게 열리는 바람에 리안은 자다 말고 놀라서 일어났다.

아직 컴컴했지만 창문으로 새벽의 여명이 밝아오는 게 느껴졌다.

"라키?"

새벽의 느닷없는 침입자는 라키아였다. 그가 잔뜩 굳은 얼굴로 리안을 향해 성큼성큼 걸어왔다.

어리둥절하던 리안은 라키아가 가까이 다가왔을 때에야 비로소 그 이유를 알아차렸다. 그의 눈이 자신이 아닌 다른 곳을 보고 있었기 때문이다.

리안의 시선이 자연스레 라키아를 따라갔다.

"……!"

둘의 눈이 향한 곳은 방금 전까지 리안이 누워있던 곳 바로 옆이었다. 고개가 돌아간 순간, 리안의 얼굴엔 금세 낭패감이 드러났다.

전혀 모르고 있었다. 대체 언제부터인지 모르겠지만 리안의 바로 옆에 아사가 잠들어 있었다. 고양이가 아닌 인간의 모습을 하고서 말이다.

조금 전의 소란을 듣지 못한 듯, 길고 풍성한 금빛 머리칼을 침대 위에 늘어뜨린 채 아사가 세상모르게 자고 있었다.

아무 말 없었지만 라키아는 눈으로 묻고 있었다.

'저놈 뭐야?'

"……."

"입이 있으면 설명해봐. 대체 저놈이 뭔데 너와 함께 있는 거야?"

"휴우."

보아하니 자신의 침실에서 다른 자의 기운을 느끼고 놀라서 달려온 모양이었다.

언젠가 라키아에게 들은 적이 있다. 마나 장악력은 자신만 갖고 있는 것이 아니었다.

리안은 한숨을 쉬며 일단 침대에서 내려왔다.

"아흠."

반동 때문인지 아사가 이불을 말며 몸을 뒤척였다.

"아사, 그만 일어나."

리안은 따로 조용히 설명을 하려던 생각을 바꿔 아사를 깨우기로 결정했다. 그 편이 라키아가 이해하기에 빠를 것 같았기 때문이다.

"아사……?"

예상대로 라키아가 눈을 치뜨며 리안을 바라봤다. 리안은 그 눈길을 무시하며 아사의 어깨를 잡고 흔들었다.

"아사, 일어나라니까."

이번에는 효과가 있었다. 몸에 와 닿는 손길 때문인지 아사가 어깨를 움츠리며 서서히 눈을 떴다.

"리안……."

잠에서 막 깨어난 아사의 음성은 마치 아기들이 옹알이를 하는 것과 비슷했다. 녀석은 평소에도 자다 깼을 경우 어리광을 피우며 리안에게 알아들을 수 없는 말을 자주 뱉곤 했다.

하지만 지금은 상황이 상황인 만큼 받아줄 수가 없었다.

"아사, 얼른 일어나봐. 대체 이 방엔 언제 들어온 거야?"

"으응?"

"네 방은 저쪽이라고 내가 분명하게 말한 것 같은데, 설마 벌써 잊은 거야? 아사 넌 저쪽 방을 사용하기로 했잖아."

"아아, 잠이 안 와서……."

"내 침대에 다시는 올라오지 않기로 해놓고 이게 무슨 짓이야? 남자 둘이 침대를 함께 사용하는 건 남들이 보기에 별로 좋은 모습이 아니라고."

리안은 라키아의 혹시 모를 오해를 위해 일부러 따끔하게 말했다.

"그리고 당분간 고양이로 지내겠다고 하더니 어떻게 된 거야?"

"……어?"

그제야 자신이 인간의 모습을 하고 있다는 걸 자각한 듯, 아사가 반쯤 일어서며 누구보다도 놀란 얼굴로 자신의 몸을 내려다보았다.

"덕분에 라키가 알게 됐어."

리안은 속으로 쯧쯧 혀를 차며 턱으로 아사의 뒤를 가리켰다.

눈이 동그래진 아사가 전광석화보다 빠르게 긴 머리칼을 휘날리며 뒤를 돌아보았다.

그때까지도 라키아는 잔뜩 인상을 쓴 채 아사를 지켜보고 있었다.

둘의 눈길이 허공에서 마주친 순간, 리안은 새파란 불꽃이 사방으로 튀는 듯한 착각이 들었다.

"인간 주제에 기척을 잘도 숨기는군."

마치 패배자인 양 아사가 비아냥거리며 다시 침대에 누웠다. 그리곤 어린애처럼 이불을 잡고 머리끝까지 뒤집어썼다.

고양이에서 인간으로 변신을 하게 되면 아사는 벌거벗은 몸이 된다. 리안의 추측이지만, 아마도 녀석은 라키아에게 알몸을 보이고 싶지 않은 것 같았다.

"이 녀석이 정말 그놈인가?"

이불 속에서 꿈틀거리는 아사를 한참을 내려다보다가 라키아가 물었다. 리안은 고개를 끄덕이며 아사가 처음 변신했던 날에 대해 간략하게 얘기했다.

"묘인족이군."

리안의 설명이 다 끝나기도 전 라키아는 아사의 정체에 대해 단정했다. 이불 속에서 뒤척이던 아사의 움직임이 그 순간 뚝 멈췄다.

"묘인족에 대해 잘 알아?"

아사로 인해서 묘인족에 대한 궁금증이 생길 대로 생겨버린 리안은 서재의 책들을 모두 뒤져보았지만 관련된 책자를 하나도 찾을 수가 없었다.

레어에 가면 있을 게 분명하지만, 리안과 잠시라도 떨어지기 싫어하는 아사 때문에 근래에는 통 레어에 가볼 수가 없었다.

"대충은."

묘인족이란 인간과 절대 어울리지 않고 자신들만의 세계를 만들어 살아가는 신비하면서도 독특한 종족이었다.

대충이라고 말하고는 있지만, 라키아는 어쩐지 그런 묘인족에 대해서 잘 아는 눈치였다.

궁금함에 당장이라도 묻고 싶으나 아사를 앞에 놔두고 그러는 것은 실례였다.

리안은 기회를 나중으로 미루고 서둘러 말했다.

"그럼 잘 됐네. 이번 기회에 둘이 화해하는 게 어때?"

이불에 가려져 보지는 못했지만 리안은 그 순간 확신했다. 라키아의 일그러진 표정처럼 아사 또한 이불 속에서 비슷한 표정을 지었을 거라고.

리안의 입에서 화해라는 단어가 나온 순간 라키아의 눈에서 불꽃이 이글거렸고, 아사는 이불을 거칠게 말아 올렸다.

휴, 대체 어디서부터 잘못된 걸까?

라키아와 아사는 근래 들어 리안이 가장 가깝게 지내는 이들이라고 할 수 있었다. 그런 둘이 서로를 잡아먹지 못해 아옹다옹하는 건 중간에 있는 입장으로서 꽤 피곤한 일이다.

친하게 지내는 건 바라지도 않는다. 데면데면해도 좋으니 지금과 같은 분위기만 만들어 주지 말았으면 하는 바람이었다.

'여자애들도 아니고 같은 남자들끼리 왜들 이러는지……'

라키아와 아사를 번갈아 쳐다보며 리안은 오늘도 남모를 한숨을 내쉬었다.

그때 갑자기 이불 속에서 환한 불빛이 새어나오더니, 잠시 후 고양이의 모습으로 돌아간 아사가 황금빛 몸매를 뽐내며 걸어 나왔다.

아주 잠시였지만 라키아의 청록색 눈동자가 흥미로움으로 반짝거렸다.

아사가 침대에서 내려와 간 곳은 여느 때처럼 햇살이 내비치는 창가였다. 어느 틈엔가 새벽이 지나가고 뜨거운 아침 태양이 떠올라 있었다.

그러고 보니 오늘은 리안의 칼리스타 뱅크가 정식으로 개점을 하는 날이었다.

이날을 얼마나 기다렸던가. 리안은 오늘 하루만큼은 산뜻하게 출발하고 싶었다.

"라키, 아사. 그동안 내가 오늘을 위해 얼마나 노력했는지 잘 알지?"

라키아나 아사나 저마다 고개를 돌린 채 리안을 돌아보지 않았다.

하지만 리안은 그 둘이 자신의 말을 듣고 있다는 걸 알 수 있었다.

아사의 한쪽 귀가 리안을 향해 쫑긋거렸고, 라키아 또한 다른 곳을 보고 있었지만 어깨의 반 이상이 리안을 향해 돌아서 있었다.

리안은 웃음을 참으며 자신이 이날을 얼마나 기다렸는지에 대해 둘에게 지나치리만큼 자세히 설명했다.

그 정성이 통한 것일까?

서로를 향해 적의를 완전히 지우지는 않았지만 라키아와 아사는 암묵적으로 휴전을 하기로 결정한 것 같았다.

이후로 둘은 리안의 신경을 거스르는 그 어떤 행동도 하지 않았고, 심지어는 아침 식사까지 함께 했다.

그동안은 같이 식사를 하는 것조차 싫어했기 때문에 리안이 하루씩 번갈아가며 식사를 하곤 했었던 것이다.

둘에게 찾아온 커다란 변화에 리안은 진심으로 기뻐하며 대견하게 생각했다.

그 모든 것이 뱅크로 인해 머릿속이 복잡할 자신을 위한 거짓(?) 행동인지는 전혀 모른 채, 그렇게 리안은 흐뭇해하며 뱅크 사업에 집중할 수 있었다.

*   *   *

몸이 불편하신 어머니를 위해 카일은 오늘도 새벽부터

일어나 손수 아침밥을 지었다. 모든 게 서툴기만 했던 3년 전과는 달리 바쁘게 움직이는 그의 손길이 무척 능숙했다.

"어머니, 진지 드세요."

"매번 고맙구나, 카일."

카일의 어머니인 노라는 3년 전에 있었던 큰 화재 사고로 인해 하반신이 마비되고 두 눈까지 잃었다.

그러나 그녀는 그런 큰 사고를 당한 사람답지 않게 언제나 밝았고 얼굴에는 웃음이 가득했다.

그런 어머니의 영향 탓인지 어려운 환경 속에서도 카일은 잘 자랐고, 스무 살이 된 지금은 어엿하게 한 가정을 책임지는 가장이 되었다.

"오늘은 야채수프를 끓였어요. 어제 가게에 야채가 많이 들어왔거든요."

앞이 보이지 않는 어머니를 위해 카일은 직접 수프를 떠 어머니의 입으로 가져갔다.

이제는 직접 먹겠다고 말하는 것도 지쳤다. 먼저 간 남편의 성격을 그대로 물려받은 카일의 고집은 노라도 말릴 수 없었다.

그녀는 오늘도 아들의 정성에 밝게 웃으며 아기처럼 맛있게 수프를 받아먹었다.

어머니의 식사가 끝나고 나서야 카일도 뒤늦은 아침 식사를 했다. 그리고 여느 날처럼 설거지를 마치고 어머니의 세안을 도운 후 출근길에 올랐다.

이른 새벽에 일어나고도 아침에 하는 일이 제법 많다 보니 그의 출근 시간은 항상 9시를 넘기기 일쑤였다. 그래도 직장에는 10시까지만 가면 되기 때문에 지금껏 지각을 한 적은 한 번도 없었다.

그런데 무슨 일일까?

집을 나선 카일의 얼굴이 어머니를 대할 때와는 사뭇 달랐다. 안색이 급격히 어두워졌다고나 할까.

무슨 안 좋은 일이라도 있는 듯 근심 어린 눈하며 걸음걸이에는 힘이 하나도 없었다.

요리사가 되는 것이 꿈인 카일은 황도에서 제법 이름난 '푸른 숲길'이라는 식당에서 3년째 보조 요리사로 일하고 있었다.

변두리에 위치한 카일의 집에서 식당까지는 빠른 걸음으로 20여분 정도가 걸리는데, 그 사이에는 근방에서 고리대금업자로 유명한 바르탕이란 자의 집이 있다.

평소와 달리 그곳을 지나는 카일의 발걸음 속도가 유난히 더딘 것은 착각일까.

고리대금업자란 서민들의 등골을 빼먹고 사는 악질이라며 상종조차 하지 않던 카일이거늘, 무슨 일이 있는 것이 분명했다.

"휘휴."

늦어진 발걸음이 다시 빨라진 것은 출근 시간이 얼마 남지 않은 탓이었다. 카일은 복잡한 마음을 일단 뒤로하고 출근길을 서둘렀다.

"안녕하세요."

하지만 그런 그의 발목을 잡는 이가 있었으니 웬 아리따운 여인이었다. 깔끔한 제복 차림의 여자가 카일을 향해 웃으며 무언가를 내밀었다.

얼결에 카일이 받아든 것은 한 장의 종이였다. 큰 글씨로 칼리스타 뱅크라고 쓰인 것이 보였다.

"뱅크?"

"아, 글을 아시는 분이군요?"

여자가 반색하며 눈을 반짝였다. 살아계실 때 상단에서 일한 경험이 있던 아버지로 인해 카일은 조금이나마 글을 알고 있었다.

"네, 조금은 압니다."

보아하니 황도에 새로운 뱅크가 세워진 모양이었다. 낯선 뱅크의 이름에 카일이 호기심을 갖고 설명을 시작한 여인을 바라봤다.

그러던 와중이었다.

"신용 대출이요?"

여인의 설명을 듣던 카일의 눈이 동그래졌다. 단돈 1쿠퍼만 맡겨도 이자를 지급한다는 말도 놀랍지만, 지금 그에게 가장 필요한 것은 돈이었다.

"네, 고객님. 물론 누구에게나 가능한 것은 아닙니다. 담보 없이 돈을 빌려주는 것이니 만큼 신용이 확실하신 분에게만 적용되는 상품입니다."

"저, 저 같은 사람도 가능한 건가요?"

"글쎄요. 그건 제가 판단하는 게 아니라서요. 좀 더 정확한 상담이 필요하시다면 뱅크로 직접 방문하시는 건 어떨까요?"

"오늘 가도 됩니까?"

"물론이죠. 저희 뱅크의 영업시간은 오전 9시부터 오후 6시까지랍니다."

환하게 미소 짓는 여인의 얼굴이 카일에게는 마치 천사처럼 보였다.

자세한 건 더 알아봐야겠지만 광고지에 적힌 대로라면 고리대금과는 비교조차 할 수 없을 만큼 싼 이자였다.

상인도 아니고 그렇다고 귀족도 아닌 가난한 평민에게 대출을 해주는 뱅크라니. 그것도 담보도 없이 말이다.

식당을 향해 뛰어가는 카일의 얼굴에는 어느새 어두운 기색이 말끔히 사라지고 없었다.

역시 죽으라는 법은 없는 듯, 하늘이 자신을 돕는 기분이었다.

"다녀오겠습니다!"

점심 타임이 끝나고 조금 한가해진 틈을 타 카일은 외출

허락을 맡았다. 한 시간 후면 다시 저녁 타임을 준비해야 하기 때문에 시간이 얼마 없었다.

광고지에 실린 약도를 따라 카일은 부푼 희망을 갖고 서둘러 달려갔다.

"무엇을 도와드릴까요?"

칼리스타 뱅크는 황도의 번화가 중에서도 가장 사람들이 많이 지나는 곳에 위치하고 있었다. 얼룩 하나 없는 깨끗한 유리문을 통과해 들어간 그곳은 다른 뱅크들과는 조금 분위기가 달랐다.

뭐랄까. 기존의 뱅크들이 엄숙하고 딱딱한 느낌이었다면 이곳은 매우 편안한 기분이랄까.

신생 뱅크답게 구석구석이 무척 깔끔했고, 실내 장식은 고풍스러우면서도 우아했다. 곳곳에 놓인 크고 작은 녹색의 화분들은 청량감을 돋우고 있었다.

무엇보다 가장 마음에 든 것은 자신을 대하는 직원들의 태도였다.

혹시나 문전박대라도 당하면 어쩌나 걱정을 했는데, 그러기는커녕 얼굴 만면에 미소를 띠고 매우 친근하게 자신을 대하는 것이었다.

안에는 개업 첫날 치고는 꽤 많은 사람들이 와 있었다. 옷차림을 보아하니 자신과 같은 평민들이 대다수였다. 아마 그들도 자신처럼 돈이 필요해서 찾아왔으리라.

카일은 모두에게 좋은 일이 있기를 바라며 그제야 직원에게
용건을 말하기 시작했다.

"신용 대출을 받을까 해서 왔습니다."

"신용 대출에 대한 자세한 설명은 듣고 오신 건가요?"

"아니요, 그냥 조금 들었습니다."

"그럼 제가 다시 설명해 드려도 될까요?"

"네!"

카일은 열심히 고개를 끄덕였다. 그거야말로 그가 원하던
것이었다.

이쪽에서 부탁을 해도 모자랄 판에 오히려 허락을 구하는
직원의 태도에 카일은 진심으로 감탄했다. 누가 이곳의
주인인지는 모르지만 직원들의 친절 교육 하나만큼은 철저하게
가르친 게 분명했다.

"……마지막으로 담보가 없는 만큼 큰 금액은 저희로서
곤란합니다. 더 궁금하신 사항 있으십니까?"

"아니요, 그 정도면 충분합니다. 그러니까 신청을 하고 이삼
일 정도 기다리면 확답을 주신다는 거죠?"

"네, 부득이하게 더 걸릴 수도 있지만 되도록이면 빠른 시일
내에 일처리가 되도록 노력할 겁니다. 지금 신청하시겠습니까?"

카일은 당연히 신청에 응했고, 직원은 이후로 몇 가지
사항을 카일에게 물었다.

이름과 나이는 물론 사는 곳과 가족 관계, 특별히 직장에

대해서는 규모하며 위치까지 무척 세세하게 물어왔다.

"복권에 대해서는 알고 오셨나요?"

마지막 질문에 대답을 하고 카일이 막 일어서려는데 직원이 작은 종이 한 장을 내밀었다.

"복권이요?"

그러고 보니 광고지에서 본 것도 같다. 하지만 오로지 신용 대출에만 관심이 가 있던 탓에 제대로 읽지 않아 자세히 알지는 못했다.

직원은 다시 한 번 화사한 미소를 지으며 친절하게 설명했다.

"창립 기념으로 고객님들을 위해 저희 뱅크에서 작은 이벤트를 하나 마련했습니다. 여기에 보시면 번호가 적혀 있지요?"

카일의 손에 들린 종이에는 숫자로 81이라고 쓰여 있었다.

"네, 이게 뭔가요?"

"저희 뱅크에서는 찾아오시는 모든 손님들에게 각기 다른 번호가 적힌 복권을 나눠드리고 있습니다. 그러니까 이 81이라는 숫자는 고객님만의 번호가 되는 것이지요."

"아, 네."

"이제부터 잘 들으세요. 이 작은 종이가 한 달 후에 고객님에게 엄청난 행운을 가져다 줄 수도 있으니까요."

'행운?'

광고지에서도 행운이라는 단어를 본 기억이 났다. 칼리스타 뱅크란 글자 다음으로 광고지를 크게 차지하고 있던 부분이었기 때문이다.

"이것 보이시죠?"

직원이 손을 들어 보여준 것은 조금 전 카일에게 주었던 복권에서 떼어낸 또 다른 종이였다. 그곳에도 마찬가지로 81이라는 숫자가 적혀 있었다.

"추첨을 해야 하기 때문에 복권을 반으로 나눈 것이랍니다. 고객님이 오늘 여든한 번째로 복권을 가져가시는 손님이 되었네요."

그렇게 말하며 직원은 종이를 옆에 있던 유리 박스에다가 넣었다. 안에는 이미 여러 장의 종이가 담겨 있었다.

"한 달 후 저희 뱅크에서는 추첨을 통해 일등부터 삼등까지 총 세 분을 뽑을 겁니다. 무작위로 말이죠. 그리고 그분들께 저희 뱅크를 이용해 주셔서 감사하다는 뜻으로 당첨금을 전달할 겁니다."

"……당첨금이라면 돈을 주신다는 말입니까?"

"네, 일등에게는 25골드, 이등은 10골드, 삼등에겐 5골드를 드린답니다."

"뭐, 뭐라고요?"

카일은 기가 막혀 소리쳤다.

자신의 귀가 혹 잘못된 것은 아닐까?

25골드라니!

3년차 보조 요리사인 그의 한 달 월급이 8실버다. 25골드면 자그마치 5년을 넘게 일해야 벌 수 있는 돈이었다. 그것도 몽땅 저축을 한다는 전제하에 말이다.

'그런 거금을 추첨을 통해 뽑은 사람에게 준다고? 그게 말이 돼?'

벌린 입이 도무지 다물어지지가 않았다.

그러면서 그 순간 카일은 진심으로 바랐다. 제발 삼등만이라도 되게 해달라고.

5골드도 카일에게는 엄청난 금액이었다. 그 돈이면 약재상에 밀린 돈을 갚고도 남을 것은 물론, 더 좋은 약을 어머니께 사다드릴 수 있었다.

"바, 발표가 언제라고요?"

"한 달 후에 바로 이곳에서 발표할 겁니다. 고객님께 행운이 있기를 진심으로 기원할게요."

직원의 친절한 웃음을 뒤로 하고 카일은 반쯤은 얼이 나간 얼굴로 칼리스타 뱅크를 나섰다.

막 문을 열기 직전, 갑자기 비명 소리가 나 몸을 돌려보니 웬 아주머니가 직원에게 계속 '정말요? 정말요?' 하고 묻는 것이 보였다.

복권에 대한 설명을 들었음이리라.

복권이라……

말처럼 과연 복을 불러오는 것일까?

카일은 주머니에 넣지도 못하고 손에 꼭 쥐고 있던 복권 조각을 조심스레 다시 펼쳐 보았다. 착각일 수도 있지만 81이라는 숫자가 순간 환한 빛을 발하는 느낌이었다.

*　　　　*　　　　*

"주인님, 고셋 치프님께서 오셨습니다."

"들여보내."

시가를 입에 문 채 한참을 창밖 풍경에 몰두하고 있던 사내가 문이 열리는 소리에 그제야 뒤를 돌아보았다.

사십 대 초반쯤 되었을까?

유난히 튀어나온 광대뼈에 짧은 갈색 머리칼을 올백으로 넘긴 사내는 어딘지 모르게 위압감을 풍겼다. 체구는 왜소했지만 강단이 있어 보였고, 가늘게 뜬 눈이 무척 매서운 느낌이었다.

그가 바로 제국 제일의 뱅크인 설리번 뱅크의 주인, 설리번 경이었다.

그의 눈빛에 위축된 듯 문을 열고 들어온 사내, 고셋이 어깨를 움츠리며 꾸벅 인사했다.

"그래, 갔던 일은 잘 되었나?"

시가를 입에 물고도 설리번의 발음은 정확했다. 그가 느릿한 걸음으로 소파로 걸어가 앉으며 물었다.

그러자 마치 죄라도 지은 사람처럼 고셋이 눈도 마주치지 못한 채 더듬더듬 대답했다.

"그게…… 생각할 시간이 필요하다고……."

"그래서 그냥 왔다는 건가?"

거의 표정의 변화가 없던 설리번의 눈가에 작은 주름이 잡혔다. 동시에 고셋의 이마에는 식은땀이 맺혔다.

"내달에 다시……."

"그 시간이면 다른 뱅크를 만날 충분한 시간이 되겠군."

"그건 그렇지만…… 아시다시피 체노위스 가문의 빚을 갚아줄 만한 능력이 되는 곳은 그리 많지 않습니다. 게다가 저희 설리번 뱅크가 나선 일에 함부로 끼어들 만큼 배짱 있는 곳도 드물 테고요."

고셋은 흐르는 이마의 땀을 닦아내며 아직 협상이 끝난 게 아님을 거듭 강조했다.

"그걸 누가 모르나?"

설리번은 한심하다는 듯 고셋을 한 차례 쏘아봤다.

그도 알고 있었다.

체노위스 가문의 부채는 일반 사람이 들으면 감도 잡을 수 없을 만큼 금액이 엄청났다.

고셋의 말처럼 그 정도 금액을 감당할 수 있는 뱅크는 제국에서 손에 꼽았고, 설사 가능한 곳이라 해도 쉽게 결정할 수 있는 사안이 아니었다. 괜히 나섰다가 자신들까지 휘청할 수가 있기 때문이다.

더구나 설리번 뱅크가 나선 이상, 비위를 거스르지 않기 위해서라도 다들 체노위스 가문을 기피할 것이다.

그것을 알면서도 설리번이 눈살을 찌푸린 까닭은 이 일이 벌써 몇 달째 해결되지 않고 있기 때문이었다. 성격상 미적미적한 것을 그는 딱 싫어했다.

"……."

무언가를 고민하는 듯 설리번이 손톱으로 팔걸이를 툭툭 내리치며 바닥을 뚫어지게 응시했다. 고셋은 그 옆에서 조용히 입을 다문 채 자리를 지키고 서 있었다.

그렇게 얼마쯤 지났을까.

제법 시간이 흘렀음에도 설리번은 말이 없었다. 보통 때라면 쥐 죽은 듯이 기다렸을 고셋이지만, 오늘은 다른 중요한 보고거리가 있었다.

"저, 마스터……."

상념을 깨는 고셋의 음성에 설리번의 눈에 노여움이 담기는 순간, 고셋이 무언가를 내밀었다.

그것은 한 장의 종이였다.

"……칼리스타 뱅크?"

"네, 마스터. 오늘 개점한 신생 뱅크입니다. 길거리에서 이런 걸 나눠주고 있더군요."

"부드럽군."

손에 와 닿는 종이의 질감이 꽤 좋았다. 이 정도 재질이라면 단가도 제법 나갔을 것이다.

"돈 좀 들었겠어."

상점이 개업을 하면 보통은 벽보를 붙여 광고를 하곤 한다. 글을 모르는 사람도 많고, 워낙에 종이 값이 비싸 이런 식으로 광고지를 만들어 나눠주는 경우는 없었다.

새로운 시도는 가상하다만 별로 좋은 방법은 아니라는 게 설리번의 판단이었다.

"여기를 보십시오."

고셋이 손가락으로 짚은 곳을 읽어 내려가며 설리번은 웃지 않을 수 없었다.

"담보는 필요 없습니다. 이젠 신용 대출을 이용하세요. 단돈 1쿠퍼를 맡겨도 이자를 지급합니다?"

설리번은 급기야 소리 내어 웃기 시작했다.

1쿠퍼를 맡겨도 이자를 지급한다는 것은 곧 서민들을 대상으로 한다는 말이었다. 담보 없이 대출이 가능한 것도 기가 막힌 마당에 서민까지 포함이라니.

돈 많은 상인이나 귀족에게도 대출을 해줄 시 담보는 필수 조건이었다. 자신들이라고 땅 파서 장사하는 것은 아니질 않은가. 혹시 모를 사태를 대비해 최소한의 장치는 해야 하는 것이다.

그런데 하루 벌어 하루 먹고 살기도 힘든 서민들에게 아무런 안전장치도 없이 돈을 빌려준다고?

세상에 이렇게 마음씨 착한 자가 존재한다는 것에 설리번은 감동하는 한편, 그 존재가 한없이 불쌍하게 느껴졌다.

이건 미치지 않고서야 벌일 수 없는 일이었다.

"누군지 알아보는 게 좋겠군."

"이미 지시해 놓았습니다."

혀까지 끌끌 차가며 광고지를 살피던 설리번의 얼굴에 웃음이 가신 것은 복권이란 생소한 단어 때문이었다. 그의 눈이 빠르게 광고지에 적힌 설명을 훑어 내렸다.

"호오."

대단히 흥미로웠다.

뱅크에 익숙하지 않은 서민들을 끌어 모으기 위한 다분히 의도된 행위지만 그래서 더 마음에 들었다. 평소 이런 기발한 아이디어를 그는 총애하는 편이었다.

누군지는 몰라도 칼리스타 뱅크의 주인이 아주 바보는 아닐 거란 생각이 들었다.

과연 어느 정도의 성과를 이룰 것인가?

아마도 잘 된다면 중소 뱅크 정도는 오를 수 있을 것이다.

하지만 한계는 거기까지였다.

서민들의 돈을 모아봤자 얼마나 되겠는가?

기존의 뱅크와 차별화를 둔 전략은 칭찬할 만하나 주 고객이 서민이라는 건 앞으로 뱅크가 발전하는 데 걸림돌만 될 뿐이었다.

서민 백 명을 상대하는 것보다 귀족 한 명을 제대로 상대하는 것이 더 남는 장사라는 것을 깨닫는 날이 곧 올 것이다.

'칼리스타 뱅크라…….'

어쨌든 당분간은 주목할 만한 곳이었다.

제6화

첫 당첨자

"대체 어떻게 한 거야?"

기사단에 대한 얘기를 하다 말고 뜬금없이 묻는 말에 리안은 보고서에서 눈을 떼고 고개를 들었다.

"어떻게 한 거냐니까?"

리안이 답은 않고 눈만 멀뚱거리자 라키아가 재차 물었다. 리안은 한숨을 쉬며 보고서를 손에서 내려놨다.

"알아듣게 얘기를 해야 내가 답을 하든가 말든가 하지."

"연무장. 이래도 모르겠어?"

"아아, 그거?"

연무장이란 말에 감이 딱 왔다. 모를 수도 있을 거라

생각했는데, 역시 라키아를 속이기란 불가능한가 보다.

"자, 이제 얘기해봐. 마법으로 그렇게 만드는 게 쉬운 일인가?"

"쉬운 일이었다면 이제야 했겠어?"

리안의 대답은 여러 가지를 내포하고 있었다.

"그 얘기는 요사이 진전이 있었다는 거군. 어쩐지……."

라키아가 의심스럽다는 듯 리안의 몸을 훑었다. 길게 기른 앞머리 사이로 언뜻언뜻 보이는 청록색 눈동자가 오늘따라 유독 날카롭게 와 닿았다.

경험상 이럴 땐 빨리 화제를 돌리는 것이 상책이었다. 리안의 마법에 대해 라키아는 여전히 무한한 궁금증을 품고 있는 상태였다.

"그래, 단원들에게 도움이 되는 것 같아?"

리안의 당연한 질문에 라키아는 피식 웃었다.

"그러라고 해놓은 것 아니었어? 연무장의 마나 농도가 변했다는 걸 눈치챈 사람은 아무도 없지만, 다들 수련 시간이 두 배 이상 늘어났지. 머리는 몰라도 몸은 아는 거야. 연무장이 수련을 하기 위한 최상의 조건을 갖추었다는 걸."

"라키는 어때?"

"나?"

"응, 라키에게도 그런 게 도움이 되나?"

리안은 레어에서 가져온 마정석 중 하나를 과감하게 기사단을 위해 사용했다.

리안이 작년에 결성한 기사단의 정식 명칭은 '드래곤 기사단' 이다.

라키아가 너무 유치하다며 대놓고 반대를 했지만, 리안은 세이프리드를 기리는 마음으로 그렇게 지었다. 사실 앞에 '골드'를 붙이고 싶었지만 그것만큼은 참았다.

리안의 전폭적인 지지로 훌륭히 성장하고 있는 드래곤 기사단은 아쉽게도 실력이 그리 좋은 편은 아니었다.

창설한 지 고작 1년밖에 지나지 않은 것에 비해 개개인의 실력은 제법 높은 편이었으나, 제국에는 워낙 쟁쟁한 기사단이 많이 버티고 있었다.

그래서 고민 끝에 리안이 생각한 것이 마정석을 이용해 연무장의 마나 농도를 높이는 것이었다.

라키아의 말에 따르면 기사들은 수련을 하며 체내에 마나를 담는다고 한다. 체력 단련도 중요하지만, 어느 정도의 마나를 지니고 있느냐에 따라서 실력이 천차만별 갈린다는 것이다.

기사들이 수련 장소로 깊은 산중을 찾는 것도 다 그런 이유인 것이다. 농도가 높으면 받아들이는 양도 그만큼 늘어날 테니 말이다.

명색이 리안은 마법사다.

라키아의 그런 설명을 듣자마자 좋은 아이디어가 떠올랐다. 때마침 마정석이 있었기에 망설일 필요도 없었다.

최상급 마정석을 연무장의 정중앙에 박고 사흘간에 거쳐서 연무장 전체를 마법진으로 둘러쌌다.

그 결과, 마지막 수식을 마법진에 써넣은 순간 대기 중에 퍼져 있던 마나의 흐름이 연무장을 중심으로 돌기 시작했다. 대륙의 그 어떤 울창한 삼림보다 훌륭한 수련 공간이 탄생한 것이다.

아, 그때의 감격이란!

마정석을 이용한 첫 마법에 성공을 한 리안은 기쁨에 취해 한동안 자리를 뜨지 못했었다.

"나를 단원들과 같이 취급하는 거야?"

이왕이면 라키아에게도 도움이 되었으면 하는 마음에 물은 것인데, 오히려 기분이 상한 듯 라키아가 얼굴을 구겼다.

하여튼 저 오만한 자존심엔 끝이 없다. 어떻게 그 말을 그렇게 받아들이는 건지.

그래도 리안은 알고 있다.

성격이 좀 까칠해서 그렇지, 라키아는 의외로 단원들과 가드들을 잘 챙기는 편이었다.

가끔 폭력이 앞서는 경우도 있긴 하지만 대체적으로 중심이 되어 무난하게 이끌어가고 있었다.

행동은 안 그러면서 말은 삐딱하게 하는 사람, 라키아가 딱 그랬다.

"영주님, 황도에서 사람이 왔습니다."

리안과 라키아가 다시 본론으로 돌아가 기사단에 대한 얘기를 나누고 있을 때, 알만이 문을 열고 들어왔다. 그 뒤로 반가운 친구의 모습도 보였다.

"클로드!"

반색하는 리안의 모습이 의외였는지 클로드가 조금은 당황스런 얼굴로 급히 허리를 숙였다.

리안은 궁금한 것이 많았다. 황도에 개점한 칼리스타 뱅크의 사정이라던가, 사람들의 반응이 어떠한지 등 알고 싶은 것이 많았다.

"클로드가 직접 올 줄은 몰랐어. 그래, 거기는 어때? 여긴 대성공인데."

"성에 들어오기 전에 궁금해서 먼저 들러봤는데 분위기가 좋더군요. 그래도 황도에 비하면 조용한 편이랄까요?"

"조용하다고?"

"네, 소문이 퍼지면서 점점 뱅크를 방문하는 고객의 수가 늘고 있습니다. 반응이 제가 예상했던 것보다 더 좋아서 깜짝 놀랄 정도입니다. 이대로라면 복권 발표 후엔 아마 더 많은 사람이 몰릴 거라고 생각합니다."

황도의 소식을 전하는 클로드의 표정은 당당하면서도 무척 뿌듯해 보였다. 바쁜 일정 탓에 볼 살이 빠진 듯하지만, 오히려 이전보다 건강한 느낌이었다.

"참, 왔다가 그냥 돌아가시는 분이 많아서 포와티어

지점장님과 상의 끝에 당분간 영업시간을 한 시간 정도 늦추기로 결정했습니다."

"그 정도야?"

직접 보지 못한 탓에 실감은 나지 않지만 영업시간을 늦췄다는 말에 리안과 라키아는 내심 놀랐다.

"담보 없이 대출을 해준다니까 처음에는 다들 믿지를 않더라고요. 하지만 하나둘 대출받는 사람이 생기자 저희를 조금씩 믿기 시작했습니다."

"물론 알아서 했겠지만, 신용 대출이라는 건 우리에게도 그만한 위험이 따르는 거야. 조사는 잘 하고 한 거겠지?"

"안 그래도 그것 때문에 상의드릴 게 있어서 왔습니다. 아무래도 조사라는 것이 저희 힘만으로는 어려워서 정보 길드를 통했는데요, 이게 의외로 괜찮더라고요. 생각보다 짧고 빠른 시간 내에 고객에 대한 조사를 마쳐주니 일이 훨씬 수월했습니다."

"정보 길드의 하는 일이 원래 그런 거잖아."

그게 뭐 놀라운 일이냐는 듯 라키아가 한마디 하자, 클로드가 급히 말을 이었다.

"제가 드릴 말씀은 다 좋은데, 대출 신청자가 있을 때마다 정보 길드에 의뢰를 하는 것이 여간 번거로운 일이 아니라는 겁니다. 그래서 생각한 것이 제휴를 맺으면 어떨까 해서요."

"제휴?"

"네, 정보 길드와 직접 계약을 체결해 놓으면 일이 한층 더 간단해지지 않겠습니까? 매번 번거롭게 정보료를 지불하지 않아도 되고 말입니다."

나쁘지 않은 생각이었다. 리안 또한 신용 대출을 계획했을 때부터 정보 길드를 염두에 두고 있었다.

회계 업무와 고객을 대하는 것만으로도 직원들이 할 일은 많다. 고객의 뒷조사까지 하기에는 시간도 없을뿐더러 전문성이 떨어지는 것이 사실이었다.

하지만 리안이 생각한 것은 제휴가 아니었다.

그가 뱅크를 시작한 것은 돈을 벌기 위해서다. 그보다 궁극적인 목표는 힘을 갖기 위해서였다.

좋은 영주가 되기 위해서, 귀족이 아닌 자들도 살기 좋은 세상을 만들기 위해서는 힘이 필요했고, 그 힘을 갖기 위해서는 자본, 즉 돈이 필요했던 것이다.

힘을 키우기 위해 필요한 것은 그 외에도 무척 많다. 그중 하나가 바로 정보다.

중요한 정보 하나가 갖는 힘은 아주 크다. 누군가에 대해 안다는 것, 어떤 것에 대해 미리 안다는 것. 그것은 가끔 믿을 수 없는 결과를 만들기도 했다.

그래서 리안이 뱅크 다음으로 계획한 것이 정보 길드를 인수하는 것이었다.

제휴가 아닌, 완전히 리안의 지배 아래 놓인 정보 길드가 그에겐 필요했다.

"그거라면 따로 생각한 것이 있어. 황도에 직접 가야 하는 이유 중 하나지."

"……황도요?"

"황도에 가실 겁니까?"

리안의 말에 가장 놀란 건 라키아였다. 아마도 그에게 황도란 황제가 사는 황궁을 말하는 것이나 마찬가지일 것이다.

라키아의 눈에 긴장과 열망, 그리움 등 여러 가지 감정이 동시에 떠올랐다가 사라졌다.

클로드도 눈이 동그래져서는 어리둥절한 얼굴이었다.

놀란 건 둘만이 아니다.

"야옹~"

창가에서 꾸벅꾸벅 졸기 바쁘던 아사가 어느 틈엔가 꼬리를 바짝 세운 채 리안을 향해 걸어왔다.

호박색 눈동자가 반짝거리는 것을 보니 녀석도 분명 황도에 가고 싶어 하는 눈치였다.

클로드가 그런 아사를 신기하다는 듯 바라보며 다시 물었다.

"언제쯤 가실 겁니까? 저와 함께 가시는 건가요?"

"아니, 아직 준비를 다 못해서 클로드와 가는 건 무리야. 내일 당장 갈 거라면서?"

"네, 일이 많기 때문에 얼른 돌아가 봐야 합니다."

"그래, 돌아가면 내가 곧 도착할 거라고 전해. 아무래도 오래 머물 것 같으니까 적당한 집도 좀 알아봐 두고. 어머니도 가실지 모르니까 이왕이면 괜찮은 곳으로."

"알겠습니다. 그럼 더 하실 말씀이 없으시면 저도 이만 나가보겠습니다. 내일 바로 출발해야 하기 때문에 오늘 볼일을 다 끝내야 하거든요."

"응, 황도에서 봐."

리안이 친한 친구를 대하듯 인사를 건넨 반면, 클로드는 깍듯이 몸을 숙여 예를 갖추고는 집무실을 나섰다.

클로드가 막 문을 열었을 때였다. 노크를 하기 위해 한손을 앞으로 내밀고 있던 매들린이 화들짝 놀라며 작은 비명을 내질렀다.

"클로드! 황도에 있는 거 아니었어?"

놀라기는 이쪽도 마찬가지였다. 매들린을 본 클로드의 눈이 커다랗게 떠졌다.

"잠시 보고하러 온 거야. 내일 다시 가. 그보다 매들린 넌 어쩐 일이야?"

3년 전 매들린이 하녀를 그만두고 난 후 거의 처음 갖는 만남이었다. 어릴 때부터 예쁜 건 알았지만, 못 본 사이에 매들린은 한층 더 아름다워져 있었다.

"치료사가 되었다는 말은 들었어. 잘 지냈어?"

"응, 그런데 나 지금 영주님 뵈러 온 거라서. 이따가 정문 앞에서 보는 게 어때?"

"아."

그때서야 아직 자신이 영주의 집무실 안에 있다는 것을 상기하고 클로드가 재빨리 밖으로 비켜섰다.

눈인사를 끝으로 매들린은 서둘러 안으로 들어섰다.

"안녕하세요."

그녀의 상냥한 인사가 울려 퍼지자 드물게도 라키아의 입가에 미소가 번졌다.

성내에서 라키아가 친절하게 대하는 유일한 여성을 꼽으라면 그건 매들린이었다. 부상으로 앓아누웠을 때 간호를 해준 덕분인지 유독 그녀에게만은 부드럽게 대했다.

"오랜만이네. 그동안 잘 지냈어?"

라키아의 환한 웃음에 매들린이 얼굴을 붉히며 고개를 끄덕였다. 매번 생각하는 것이지만 웃을 때와 그렇지 않을 때의 라키아는 그 차이가 엄청났다.

어린아이처럼 해맑다고 해야 할까?

무표정하고 차갑던 인상이 한순간에 바뀌는 모습은 오싹할 정도로 매력적이었다.

사담이지만 라키아의 머리색과 눈색이 바뀐 것을 보고도 매들린은 별로 놀라지 않았다.

유일하게 라키아의 존재를 아는 그녀였기에 속일 수가 없었던 리안이 모든 걸 솔직하게 고백하자 그녀는 의외로 무서워하지 않고 있는 그대로 믿어 주었다.

왜 그랬는지는 지금도 모르겠다.

확실한 것은 그녀가 지금까지 약속을 잘 지켜준다는 것이었고, 치료사로서 차츰 성장하고 있다는 것이었다.

리안은 알만에게 한 약속대로 옛 주인이 실수했던 하녀들에게 각자 그들이 원하는 것으로 보상을 해주었다. 매들린이 치료사가 된 것도 그 보상 중 하나였다.

"저야 늘 잘 지내고 있지요. 영주님과 라키 님은 요즘 한창 바쁘시죠? 어머, 아사도 있었네요. 아사, 잘 있었니?"

매들린은 수줍게 미소를 지으며 아사에게도 인사했다.

언제부터인지는 모르나 매들린은 더 이상 리안이나 라키아 앞에서 주눅이 들거나 자신 없는 모습을 보이지 않았다.

여전히 부끄러워하기는 했으나 당당했고 시선을 피하지도 않았다. 지금도 아사에게까지 인사하는 여유를 보이고 있지 않은가.

화답이라도 하듯 아사가 매들린에게 다가가더니 자신의 몸으로 그녀의 다리를 쓱 훑으며 지나갔다.

아사가 간혹 애교를 부리는 수법 중 하나로 황금빛 털이 몸에 와 닿는 느낌은 말로 표현할 수 없을 만큼 부드러우면서도 유혹적이었다.

매들린이 소파에 앉자 리안이 입을 열었다.

"다른 게 아니고 어머니 때문에 불렀어."

"마님 걱정이라면 이제 그만하셔도 될 것 같아요. 요즘도 하루가 다르게 몸이 좋아지시고 계신 걸요. 이젠 보통 사람들보다 더 건강하실 정도예요."

"여행을 가서도 좋을 만큼?"

"그럼요. 그런데 여행 가세요?"

내내 밝은 표정이던 매들린의 얼굴에 작은 먹구름이 끼었지만 리안은 그것을 미처 눈치채지 못했다.

"응, 몇 년 동안 성에만 계셨잖아. 이번에 내가 황도로 갈 일이 생겨서 그때 모시고 갈까 해."

"황도라면 마차를 타고 가시겠네요. 크게 무리하시는 것도 아니니 괜찮을 거예요. 마침 약 드시는 것도 며칠 뒤면 끝나니 잘 됐네요."

"언제 갈 건데?"

아까부터 묻고 싶은 말이었다. 또다시 황도란 단어가 나오자 라키아가 참지 못하고 끼어들었다.

"곧. 가기 전에 마저 해야 할 게 있거든."

"그니깐 그 곧이……."

"매들린, 황도에서 제법 오래 지내게 될 것 같아. 혹시 모르니까 어머니께서 드실 약을 미리 만들어 주었으면 해. 가능하지?"

라키아에게 잠시만 기다리라는 제스처를 취하며 리안이 매들린에게 부탁했다. 이미 예상하고 있었다는 듯 매들린이 고개를 끄덕이며 자리에서 일어났다.

눈치가 빠른 그녀답게 리안과 라키아를 위해 자리를 비켜주는 것이었다.

"곧 준비하겠습니다. 그리고 혹시 모르니 지금 인사드릴게요. 두 분 모두 무사히 안전하게 잘 다녀오세요."

"응, 고마워."

밖으로 나가는 매들린을 향해 리안은 여느 때처럼 환한 웃음을 지어 보였다. 무슨 까닭인지 그런 리안을 보며 라키아가 맘에 들지 않는다는 듯 작게 인상을 썼다.

"황도에 가도 괜찮겠어?"

완전하게 문이 닫히고 나서야 리안은 라키아를 돌아보았다. 역시나 황도란 말이 나오자 라키아의 표정이 대번에 바뀌었다.

"당연하지. 그럼 날 떼어놓고 갈 작정이었어?"

"아무래도 조금 걱정이 되잖아. 누가 알아보면 어떡해."

"알아볼 사람도 없겠지만, 설사 그런 사람이 있다 해도 우기면 돼. 머리색과 눈색이 다른데 자기가 어쩔 거야? 좀 비슷하게 생겼다고 여기겠지."

3년을 다른 사람인 양 지내온 탓인지 라키아는 조금도 겁먹지 않은 얼굴이었다.

하지만 리안은 그렇지가 못했다.

"그래도 황도잖아. 이런 시골과는 차원이 다른 곳이라고. 사람도 훨씬 많을 테고, 오고가며 귀족과도 곧잘 부딪히게 될 거야."

"황도에 대해선 너보다는 내가 더 잘 알거든?"

"물론 그렇겠지. 정말 괜찮겠어?"

"응, 심심하던 차에 오히려 잘 됐어. 언제 갈 건데?"

"준비가 되는 대로 곧."

"그니깐 그 곧이 언제냐고."

"다음 주 정도에는 갈 수 있을 테니 보채지 말고 라키도 준비나 해둬. 영주가 할 일이 얼마나 많은지 알아?"

당연히 알 턱이 없다.

귀족으로 태어났지만 엄연히 아버지가 살아계셨기 때문에 라키아는 영지를 물려받지 않은 상태로 황궁 기사단이 되었다.

더구나 차남이었던 탓에 영지 경영에 관한 수업은 오로지 형에게만 떠맡긴 채 검에만 미쳐 살았다고 해도 과언이 아니다.

그걸 알고 있는 리안은 가끔 라키아가 귀찮게 할 때면 지금처럼 거들먹거리곤 했다.

"그리고 혹시나 해서 말하는데 황제를 찾아가는 건 안 돼. 나와 약속한 시간이 아직 2년 더 남았다는 건 알고 있겠지?"

과장된 비웃음을 막 흘리려던 라키아의 얼굴이 순식간에 굳었다. 황제에 대한 이야기가 나올 때면 언제나 그랬기에 리안은 개의치 않고 말을 이었다.

"그 안에 반드시 황제께서 라키의 억울함을 풀어주실 거야. 그러니 그때까지는 약속대로 나와 조용히 지내야 해. 그래야지만 황도에 데려갈 수 있어."

"지금 어린애 달래? 왜 했던 얘기를 또 하고 그래? 한 번 약속한 건 꼭 지키니까 괜한 걱정하지 마."

어느새 라키아의 말투는 평소대로 돌아와 있었다. 아직 얼굴이 굳어 있긴 했지만 리안은 라키아를 믿었다.

지금껏 잘 지내온 그가 황도로 갔다고 해서 충동적으로 행동하지는 않을 것이다.

적어도 3년을 같이 지내오며 리안이 본 라키아는 굉장히 계획적이고 조직적인 사람이었다.

"그래, 믿을게. 꽤 오래 있다 올 것 같으니까 준비나 철저히 해줘. 라키가 없다고 기사단과 가드들이 게으름 피우면 안 되니까."

"그걸 내가 가만둘 것 같아? 다 알아서 할 테니 네 녀석 일이나 신경 써. 그리고 미리 말하는데, 저 녀석은 안 돼. 난 소란스러운 여행은 딱 질색이거든."

정말로 싫다는 듯 눈까지 질끈 감아가며 라키아가 세차게 고개를 좌우로 흔들었다. 덕분에 그의 은빛 머리칼이 보기 좋게 찰랑거렸다.

"그럼 난 간다."

리안의 대답은 듣지도 않은 채 라키아가 쌩 하니 나가버렸다.

"설마 저 흰머리 자식의 말을 듣는 건 아니겠지?"

매들린이 나가고 그 자리를 얌전히 차지하고 있던 아사의 눈에 쌍심지가 돋은 것은 라키아의 입에서 안 된다는 말이 나왔을 때부터였다.

분노를 표출하기도 전 라키아가 사라졌기에 망정이지 하마터면 둘의 전면전을 오랜만에 볼 뻔했다.

자리에서 벌떡 일어선 아사가 분하다는 듯 송곳니를 드러내며 부르르 몸을 떨었다.

그런 아사에게는 미안하지만 리안은 이번 여행에 녀석을 데려갈 생각이 전혀 없었다.

녀석의 존재부터가 계획에서 벗어난 것이었고, 황도에는 놀러가는 것이 아니기 때문이다.

하지만 리안은 지금 이 자리에서 그렇다고 절대 대답할 수 없었다. 아사의 눈빛이 리안의 피부마저도 꿰뚫을 것처럼 강렬했기 때문이다.

황도로 가기 전에 마저 해야 할 일도 있는 마당에 벌써부터 시달리고 싶지 않았다.

하지만 잠시 후, 리안의 입에서 새어나온 것은 어쩔 수 없는 승낙의 말이었다.

"……그래, 같이 가자."

"와아! 진짜지? 이번에 가면 거의 10년 만이라고! 아싸, 신난다!"

리안의 허락이 떨어지자 아사가 신이 난 듯 소파 위에서 토끼처럼 깡충깡충 뛰어댔다.

자신이 귀여운 것에 약한 성격이었던가?

좋아하는 녀석을 보니 억지로 허락한 마음이 금세 풀어진다.

"대신 얌전히 있어야 돼. 말썽 피우지 말고. 어머니와 동생도 같이 갈 거니깐 들키지 않게 조심해야 해."

"지금까지 안 들키고 잘하고 있잖아. 그건 염려 마."

천장을 향해 바짝 선 꼬리를 보니 어지간히도 좋은 모양이었다. 사람처럼 입까지 헤 벌린 채 창가로 걸어가는 아사를 보며 리안 또한 황도에 대한 기대를 남몰래 부풀렸다.

*　　　　*　　　　*

황도의 아침은 언제나 부산하다. 그 부산함의 주된 원인은 아마도 바쁘게 걸음을 옮겨 일터로 향하는 사람들 때문일 것이다.

하지만 오늘은 무언가 달랐다.

아무리 정신없는 월요일 아침이라지만 붐비는 차원이 평소와 달라도 너무 달랐다. 무슨 일이 생기지 않은 이상 이렇게까지 사람이 많을 수는 없었다.

"혹시 오늘 무슨 날입니까?"

궁금함을 참지 못하고 지나가는 행인 하나를 붙들고 물었으나, 모르기는 마찬가지인 듯 행인이 고개를 갸웃거렸다.

"글쎄요, 저도 잘 모르겠네요. 이 길이 원래 번잡하긴 하지만 오늘은 좀 이상한데요."

"그렇죠? 거참, 대체 무슨 일인지……."

조금만 더 주의를 기울였다면 이유를 알 수도 있었을 것을, 두 행인은 그렇게 영문도 모른 채 인상을 쓰며 각자의 길로 헤어졌다.

대로를 걷는 대부분의 사람들은 거의가 한 방향을 향하고 있었다. 물론 목적지가 다른 자도 있긴 했지만, 대다수의 사람들이 발길을 멈춘 것은 칼리스타 뱅크 앞이었다.

"어이, 빌슨! 이제 오는가?"

머리가 시원하게 벗겨진 한 사내가 사람들을 헤치고 걸어 나오며 누군가를 불렀다. 익숙한 친구의 음성에 수염을 덥수룩하게 기른 중년인이 반가운 기색으로 그에게 다가갔다.

"맥, 자네 가게는 어쩌고 여기부터 온 겐가?"

"어쩌기는 뭘 어째. 마누라한테 잠시 맡겨놨지. 그보다 자네 번호가 뭐라고 했지?"

"왜? 벌써 발표라도 난 겐가?"

꼬깃꼬깃해진 복권 종이를 주머니에서 꺼내들며 빌슨이 불안한 눈빛으로 친구를 바라봤다.

"아직 뱅크의 문도 안 열렸는데 발표가 어떻게 나나? 그냥 궁금해서 물은 거니 긴장하지 말게."

친구의 답변에 빌슨이 안도의 한숨을 몰아쉬며 복권을 건넸다.

"그나저나 발표는 어떻게 한다던가?"

"확실한 건 아니지만, 사람들 말로는 모두가 보는 앞에서 추첨을 한다고 하는 말이 있네. 뭐, 그게 나중에 뒷말이 나오지도 않고 좋겠지. 308번이라. 왠지 자네에게서 당첨의 냄새가 나는걸?"

"후후, 그런가?"

맥에게서 복권을 돌려받으며 빌슨이 빙그레 웃었다. 우스갯소리로 한 말이긴 하나 어느 정도는 맥의 진심이 깃든 말이기도 했다.

평생을 요령일랑 모른 채 열심히 일만 하며 살아온 친구였다. 젊은 놈이랑 바람이 난 마누라가 전 재산을 들고튀지만 않았어도 지금쯤 번듯한 집 한 채 정도는 있었을 것이다.

이제 빌슨에게 남은 것은 그의 하나밖에 없는 귀한 딸 라베라뿐이었다. 몇 달 후 결혼을 앞두고 있는 딸을 위해 빌슨은 오늘 이 자리에 온 것이다.

아비로서 결혼을 앞둔 딸에게 해주고픈 게 얼마나 많겠는가?

친구에게, 또한 자신에게 행운이 있기를 기대하며 둘은 사람들을 헤치고 좀 더 앞으로 걸어갔다. 앞에는 뱅크에서 마련한 듯한 단상이 이미 놓여 있었다.

뎅뎅.

그때 건너편 시계탑의 종소리가 정각 9시를 알렸다.

이미 칼리스타 뱅크의 주변은 발 디딜 틈 없이 사람들로 꽉
찬 상태였다. 소란스러움도 이루 말할 수가 없어 바로 옆의
사람이 하는 말도 귀를 기울이지 않으면 들을 수 없을
정도였다.

　찰칵.

　절대로 열리지 않을 것 같던 뱅크의 유리문이 종소리가
끝남과 동시에 열렸다. 그러자 모두가 약속이라도 한 듯
주위가 삽시간에 조용해졌다.

　뱅크의 문을 열고 나온 것은 클로드와 퍼셀이었다. 둘은
나오자마자 사람들에게 양해를 구하며 단상으로까지의 길을
만들었다.

　짜증스러운 표정은 짓는 사람도 더러 있었지만, 상황이
상황인 만큼 다들 말없이 조용히 비켜주었다.

　"잠시만 비켜주세요!"

　클로드와 퍼셀이 단상에 도달했을 때쯤 유리문이 다시
열리며 남자 직원 둘이 나왔다. 그들의 손에는 둥근 탁자가
들려 있었고, 그 뒤로 투명한 유리 박스가 모습을 드러냈다.

　"앗, 저건!"

　박스가 등장하자 여기저기서 술렁이기 시작했다. 다들 알고
있는 것이다. 바로 그 박스 안에 자신들의 반쪽짜리 복권이
들어 있다는 것을.

　직원들이 가져온 탁자 위에 클로드가 빨간색 리넨 천을

덧씌웠다. 그리고 그 위에 모두의 시선을 한 몸에 받고 있는 유리 박스를 얹었다.

이로써 모든 준비가 끝났다.

그러자 기다렸다는 듯 안에서 포와티어 지점장을 비롯한 직원들이 하나둘씩 나오며 단상에 올랐다. 함께 나온 가드들은 그런 직원들을 보호하듯 단상을 빙 두르는 형태로 자리를 잡고 섰다.

단상의 중앙에 선 포와티어가 인자한 미소를 머금은 채 사람들을 향해 입을 열었다.

"안녕하십니까. 저는 칼리스타 뱅크의 황도 지점을 맡고 있는 지점장, 포와티어라고 합니다. 아침 일찍부터 이렇게 저희 뱅크를 찾아주셔서 감사합니다. 여러분이 무엇을 기다리고 계신지 잘 알고 있으니 바로 본론으로 들어가겠습니다."

말이 길어질까 지레 짐작하고 인상을 쓰던 사람들의 얼굴에 화색이 돌았다.

포와티어의 말이 이어졌다.

"먼저 추첨 방식은 이미 말씀드렸다시피 간단합니다. 여기 두 매니저가 각각 이등과 삼등을 뽑을 것이고, 마지막으로 제가 직접 일등을 추첨할 것입니다. 총 복권의 개수는 3293개로 많은 분이 응모해 주셨습니다. 다시 한 번 이 자리를 빌려 감사의 인사를 드립니다. 그럼 먼저 삼등 추첨부터 시작하겠습니다."

모두가 고대하던 시간이 드디어 왔다. 삼등을 뽑겠다는 포와티어의 말에 이곳저곳에서 주문과도 같은 소리가 들려오기 시작했다.

조금 전까지만 해도 클로드와 서로 이등 추첨을 하겠다고 싸웠던 것과는 달리 퍼셀이 조용히 박스 앞으로 다가섰다. 그리곤 사람들을 향해 어색한 미소를 한 번 지은 뒤 박스 안으로 손을 넣었다. 수북하게 쌓인 종이 사이로 퍼셀의 손이 금세 사라졌다.

선뜻 집어 올리기가 마음에 걸린 듯 퍼셀이 망설이며 이리저리 손을 움직였다. 조용히 기다려줄 법도 하건만, 성질 급한 누군가가 짜증스럽다는 듯 투덜거리는 소리가 몇 마디 들렸다.

그때 퍼셀의 손이 밖으로 튀어나왔다. 그의 손에는 반으로 잘 접힌 한 장의 복권이 들려 있었다.

발표는 포와티어 지점장이 직접 했다.

"그럼 삼등을 발표하겠습니다. 상금은 5골드입니다. 자, 번호가…… 네에, 1527번이군요! 1527번 고객님, 앞으로 나와주십시오. 어디 계십니까?"

한숨과 장탄식이 주변을 울리는 가운데 직원들이 주인공을 찾아 연신 고개를 돌려가며 단상 아래를 살폈다. 사람들도 그런 직원들을 따라 까치발을 디디며 궁금증을 드러냈다.

하지만 어쩐 일인지 시간이 지나도 주인공은 등장하지

않았다.

"1527번 복권을 갖고 계신 분 안 계십니까? 모두들 들고 계신 복권을 확인해 주십시오! 이렇게 쓰인 복권입니다!"

포와티어의 말이 끝나자 이미 준비하고 있었던 듯, 클로드와 퍼셀이 1527이란 숫자가 써진 커다란 종이를 머리 위로 든 채 사람들에게 보여줬다.

그러나 그로부터 십여 분의 시간이 더 흘렀음에도 같은 숫자를 들고 온 복권의 주인은 없었다.

그러자 어느 순간부터 여기저기서 불만의 목소리가 터져 나왔다. 그런 소리가 점점 늘어날수록 말투 또한 거칠어지고 욕설까지 들려왔다.

"내가 이럴 줄 알았어! 너희들 지금 짜고 쇼하는 거지? 그치?"

"이것들이 누굴 병신으로 아나! 지금 뭐하는 거야? 사람 갖고 장난쳐? 앙?"

"이거 순 사기 같은데! 가난한 서민들 이렇게 꼬여서 대출해 주고 고리대금업자로 돌변하는 거 아냐?"

고리대금업이란 말이 가져온 파장은 컸다.

왜 아니겠는가?

여기 모인 대다수가 가난한 서민들이었다. 고리대라는 것이 얼마나 끔찍한 것인지는 그들이 더 잘 안다. 이미 주위에서 너무도 많이 봐왔기 때문이다.

대출을 받은 듯한 사람들의 얼굴이 당황스러움에 하얗게 질리는 것이 보였다.

당황한 것은 포와티어도 마찬가지였다. 사람들의 동요가 눈에 띄게 늘어나자 그가 서둘러 말했다.

"여러분, 아직 추첨이 끝난 것이 아닙니다! 저희 뱅크에서 복권을 가져가신 분이 삼천 분이 넘으십니다. 그분들이 지금 여기 다 와 계신 것은 아니지 않습니까? 복권만 가지고 있다면 몇 달 뒤에 와도 저희 뱅크에서는 당첨금을 지불할 것입니다. 그러니 오해하지 마시고 다음 추첨에 주목해 주십시오!"

상황을 타개하기 위해선 빠른 진행만이 살 길이었다. 포와티어의 눈짓에 클로드가 재빨리 유리 박스 속으로 손을 집어넣었다. 그러자 무어라 항의하려던 자들의 입이 거짓말처럼 조용해졌다.

클로드는 퍼셀처럼 망설이지 않고 단 한 번에 복권을 집어 올렸다.

빠른 진행이 효과를 얻은 듯 모두들 숨죽이고 포와티어에게 전해지는 복권을 따라 눈을 옮겼다.

"자, 이제 이등을 발표하겠습니다. 이등에게 주어질 당첨금은 총 10골드로 원하시는 시간에 즉시 지급해 드립니다. 당첨자는…… 네, 두 자리 수군요. 행운의 주인공은 81번입니다! 81번 고객님 어디 계십니까?"

역시나 발표와 동시에 자신들이 당첨자가 아니라는 사실에

낙심하는 소리가 많이들 들려왔다. 그리고 행운의 주인공은 또 나타나지 않았다.

"이번에도…… 안 계신 겁니까?"

포와티어는 긴장된 목소리로 이마에 흐르는 땀을 닦아냈다. 이번에도 당첨자가 없다면 정말로 낭패였기 때문이다.

그때 저만치 떨어진 곳에서 누군가 손을 흔들며 소리쳤다.

"아니요! 여기요, 여기에 있어요!"

누가 먼저랄 것 없이 모조리 그곳을 향해 고개가 돌아갔다. 그곳에는 어떤 사내가 자신이 아닌 옆 사람을 손가락으로 가리킨 채 방방 뛰고 있었다.

클로드와 퍼셀이 사람들을 헤치고 재빨리 그곳으로 달려갔다.

"이 사람이 맞을 거예요! 발표를 듣더니 놀라서는 그대로 굳어버린 것 같아요!"

소리친 사람의 옆에는 정말로 굳어버린 듯한 한 청년이 입을 벌린 채 손에 든 복권을 멍하니 내려다보고 있었다. 그 복권에는 정확히 81이라는 숫자가 쓰여 있었다.

클로드와 퍼셀이 서로를 마주보며 환하게 웃었다. 둘은 얼른 청년의 양팔을 잡고 중앙으로 데려갔다.

사람들 속을 헤쳐 가며 정신이 좀 든 듯 거의 끌려가다시피 하던 청년이 종국에는 홀로 걷기 시작했다.

"자, 번호를 확인해 볼까요?"

단상 위로 올라서는 클로드에게서 복권을 건네받는 포와티어의 얼굴도 이제는 살았다는 듯 활짝 피었다.

"81번, 정확하군요! 혹시 이름을 여쭤 봐도 되겠습니까?"

"……카일입니다."

얼떨떨한 얼굴의 주인공은 카일이었다. 몸이 불편한 어머니를 모시고 식당에서 보조 요리사로 일하며 어렵게 살아가던 그 카일이 바람대로 복권에 당첨이 된 것이다.

카일은 81이라는 숫자를 듣는 순간 딴 세상에 온 듯한 착각에 빠졌다. 마치 격리된 듯 주위의 소리가 전혀 들리지 않았고, 오로지 손에 들린 복권만이 눈에 들어왔다.

정녕 믿을 수가 없었다. 진심으로 바랐던 일이지만 이런 일이 자신에게 일어났다는 게 아직도 실감이 나지 않았다.

"저희 칼리스타 뱅크에서 마련한 첫 번째 이벤트에서 이등으로 당첨이 되셨습니다. 직원을 따라 안으로 들어가시면 원하시는 대로 해드릴 겁니다."

"가, 감사합니다. 정말 감사합니다!"

제정신이 아닌 상태로 직원을 따라 걸어가며 카일은 내내 그렇게 감사의 말을 중얼거렸다.

사람들의 부러움과 시샘 어린 시선이 그런 카일의 뒤를 좇았다. 그들의 정신을 돌아오게 한 것은 이전보다 당당해진 포와티어의 음성이었다.

"이제 마지막 일등만이 남았습니다. 일등은 아까 말씀드렸던

대로 제가 직접 뽑겠습니다."

포와티어의 투실투실한 손이 박스 안으로 들어갔다. 클로드처럼 단번에 뽑지도 않았지만, 그렇다고 퍼셀처럼 미적거리지도 않고 천천히 그가 복권 한 장과 함께 손을 들었다.

"자, 여기 뽑았습니다. 그럼 펼쳐 볼까요?"

모두가 긴장되는 순간이었다.

과연 25골드의 주인공은 누가 될 것인가!

"오호, 이분이시군요?"

숫자의 주인공이 누구인지도 모르면서 포와티어가 괜스레 아는 척을 하며 호들갑을 떨었다.

그러나 이번에는 어느 누구도 그에게 뭐라 하지 않았다. 그만큼 긴장하고 있는 탓이리라.

포와티어는 일부러 과장되게 주위를 빙 둘러본 후 천천히 입을 움직였다.

"……308번입니다. 308번 고객님, 축하드립니다! 앞으로 나와 주십시오!"

"컥! 저, 정말 308번이 맞습니까?"

예상 외로 목소리의 주인공은 단상 바로 앞에 있었다. 대머리였지만 제법 중후하게 생긴 중년 사내가 떨리는 음성으로 물었다.

"네, 308번이 맞습니다. 복권을 갖고 계시면 이곳으로 올라와 주십시오.”

삼등처럼 일등도 나오지 않으면 어떡하나 내심 걱정했던 포와티어가 안도의 미소를 띠며 그를 불렀다.

하지만 올라가야 할 사람은 그가 아닌 그의 친구 빌슨이었다.

“세상에, 세상에! 이게 웬 횡재야!”

빌슨의 친구 맥은 환호성을 지르는 것도 모자라 빌슨을 끌어안고 연신 소리를 질렀다. 당사자인 빌슨은 얼이 빠진 듯한 얼굴로 맥에게 몸을 내맡긴 채 서 있을 뿐이었다.

“잠시 확인을 좀⋯⋯.”

당첨자가 올라올 생각을 하지 않자 클로드와 퍼셀이 다시 밑으로 내려갔다.

멍한 상태에서도 정신은 있었던 듯 빌슨이 손에 꼭 쥐고 있던 꼬깃꼬깃한 종이를 클로드에게 건넸다. 안에는 의심할 여지없이 308이라는 숫자가 또렷이 적혀 있었다.

“맞습니다!”

클로드가 확실하다는 듯 고개를 끄덕이며 말하자 포와티어가 큰 목소리로 발표했다.

“25골드의 주인공도 나왔군요! 당첨자 분께서 지금 정신이 없으시겠지만 절차를 밟아야 하니 저희 뱅크 안으로 들어와 주셨으면 합니다. 그럼 이것으로 제1회 복권 이벤트를 마치겠습니다. 다음 이벤트도 준비하고 있으니 꼭 다시 방문하셔서 확인해 주시길 바랍니다! 모두들 감사합니다!”

"이쪽으로 오세요."

단상 주변으로 사람들이 자꾸만 몰려들고 있어서 더 이상 자리를 지키기가 힘들었다. 가드들이 길을 만들어준 틈을 타 맥과 빌슨을 데리고 클로드와 퍼셀을 비롯한 직원들이 서둘러 뱅크 안으로 몸을 피했다.

아쉬움에 따라 들어오려는 자들도 속출했지만 가드들이 제때제때 나서준 탓에 다들 무사히 안으로 들어설 수 있었다.

카일과 빌슨은 각각 귀빈석으로 안내되었다. 그들이 모습을 감춘 뒤에도 한동안 정상적인 영업을 할 수 없을 정도로 매장 안은 사람들로 인산인해를 이뤘다.

"자, 그럼 당첨금에 대해 이야기를 나눠 볼까요?"

아직도 꿈인지 생시인지 분간을 하지 못하고 있는 카일과 빌슨의 귀로 클로드와 퍼셀의 달콤한 말이 전해졌다.

카일과 빌슨에게는 진정 둘의 모습이 천사와도 같았다.

제7화

황도로

"쿨럭."

흔들리는 마차 안에서 마른 목을 축이고 있던 리안은 오웬의 갑작스런 말에 하마터면 마시던 물을 뿜을 뻔했다.

"어, 어머니, 제 나이 이제 겨우 열여덟이에요. 그런데 벌써부터 결혼이라니요?"

기침이 나오려는 것을 간신히 참아내며 리안은 불안한 눈빛으로 오웬을 바라봤다. 그러자 그녀가 이해한다는 듯 눈을 한 번 지그시 감았다 뜨더니 말했다.

"물론 엄마도 시기가 빠르다는 건 알고 있단다. 서른 살이 넘어 결혼을 하는 귀족 남성도 많으니까. 하지만 리안, 네가 우리 가문의 유일한 아들이라는 사실을 잊지 말았으면 좋겠구나."

뒤의 말은 듣지 않아도 짐작이 갔다. 오웬이 지금 하려는 말은 대를 이을 후세가 시급하다는 것이었다.

"어머니께서 무얼 말씀하시는지는 잘 알겠는데요. 저는 아직 여자에게 관심이 없습니다. 해야 할 일도 많고요."

"그러니 내가 나선다는 것이 아니겠니. 황도에서는 귀족 파티가 자주 열린다고 들었다. 그곳에 가면 분명 좋은 가문의 여식들을 많이 만날 수 있을 게다. 안 그러니, 레지나?"

점점 아들의 얼굴이 일그러지는 것을 보자니 오웬은 자신감이 사라졌다. 그녀가 슬쩍 눈길을 피하며 딸에게 도움을 청했다.

안 그래도 흥미진진한 눈빛으로 두 모자의 대화를 듣고 있던 레지나가 고개를 세차게 끄덕이며 오웬의 편을 들고 나섰다.

"그럼요, 식구는 많을수록 좋은 거잖아요. 저도 새언니가 빨리 들어왔으면 좋겠어요!"

동생의 대찬성에 잠시 어이가 없었지만 리안도 지지 않고 맞섰다.

"레지나, 가족이 갖고 싶으면 네가 결혼하는 게 더 빠를 것 같은데?"

"오빠, 내 나이 이제 겨우 열일곱이야. 아직 연애도 한 번 해보지 못했는데, 벌써 날 치워버릴 셈이야?"

"어머니, 어머니가 아버지와 결혼하셨을 때 나이가 몇 살이라고 하셨죠?"

"글쎄다…… 열아홉이었던가?"

딴 곳을 바라보는 모양새가 왠지 수상쩍었다. 레지나 또한 갑자기 창가로 몸을 돌리며 딴청을 피우기 시작했다.

리안은 의기양양한 눈빛으로 어머니와 동생을 번갈아 쳐다보며 또박또박한 말씨로 말했다.

"아니죠. 열일곱에 만나 열여덟에 결혼하셨다고 제가 분명하게 들었습니다. 그래서 열아홉에 저를 배시고 스무 살에 나으셨지요, 아마?"

"……"

"레지나, 너도 같이 들었잖아. 설마 기억 안 난다고 하는 건 아니겠지?"

"오빠! 그때랑 지금이랑 같아? 그리고 엄마랑 아빠는 첫눈에 반했으니까 그럴 수 있었던 거지."

"너도 첫눈에 반하지 말라는 법 없잖아?"

쥐도 궁지에 몰리면 고양이를 문다고 했던가. 리안의 맹공격에 우물쭈물하던 레지나가 갑자기 고개를 팍 꺾으며 선언하듯 외쳤다.

"알았어! 좋아, 좋다고! 나도 남편감을 물색해 볼 테니까, 오빠도 엄마 말씀대로 결혼할 상대를 찾는 걸로 하자! 그럼 공평하지?"

"뭐, 뭐야?"

"결혼하기 싫으니까 나 물고 늘어진 거잖아. 그니까 공평하게 같이 하자고. 엄마 말씀대로 오빠는 우리 가문의 대를 이을 자식을 빨리 낳아야 하잖아. 안 그래요, 엄마?"

"그럼, 내 딸 말 한번 잘한다. 리안, 넌 내 아들이기도 하지만, 그 전에 한 영지를 다스리는 영주라는 사실을 잊으면 안 된다. 영지민을 위해서라도 어서 아내를 맞아 후세를 봐야 하지 않겠니? 엄마 말 무슨 뜻인지 잘 알지?"

결국 결론은 이렇게 되는 것인가?

두 모녀의 간절한 눈빛 공격에 리안은 억지 미소를 입가에 지으며 속으로 절망했다.

정말이지 이런 식으로 뒤통수를 치실 거라곤 전혀 생각도 못했다. 방탕한 생활을 했던 이전 주인도 이런 잔소리까지는 듣지 않았던 것이다.

어머니께서 건강해진 것은 분명 좋은 일이나, 지금과 같은 상황은 반갑지 않은 게 사실이었다.

결국 손을 든 쪽은 리안이었다.

"네, 알겠습니다. 어머니 뜻대로 하세요. 단, 최종적으로 판단하는 것은 제 몫입니다. 그것까지는 강요하지 않으시겠지요?"

"그럼 당연하지. 제일 중요한 건 누가 뭐래도 둘의 마음이니까. 하지만 분명 엄마 마음에 든 여자라면 리안 너도 좋아할 게다."

아들의 허락이 떨어지자 오웬이 방긋 웃으며 약속했다.

"아, 너무 기대된다! 과연 어떤 언니가 우리 가족이 될까?"

레지나는 벌써부터 먼 미래를 상상하며 기분이 좋은 듯 오웬을 부둥켜안고 환호했다.

'너무 앞서가는 거 아니냐?'

리안이 못 말린다는 듯 고개를 저으며 인상을 쓸 때, 마차가 멈춰서며 작은 진동이 일었다.

"영주님, 이곳에서 잠시 쉬어갈까 합니다."

때마침 머리가 아파오던 차에 반가운 스캇의 음성이었다. 리안이 얼른 일어나 마차의 문을 열고 밖으로 나갔다.

다른 마차를 타고 이동 중이던 오스왈트와 라키아, 아사도 이미 밖으로 나와 있었다.

이번 여행에 동원된 인원은 총 서른 명으로 마차를 호위할 병사들과 인부들, 시중과 음식을 담당할 하녀들로 구성되었다.

그늘진 자리에 마차와 말들을 세워놓고 간단한 다과가 차려졌다. 될 수 있으면 황도로 가는 동안 제대로 된 숙식을 할 생각이었지만, 지금과 같이 아무것도 없는 허허벌판에선 어쩔 수가 없었다.

다행히 어머니와 레지나는 이런 분위기도 좋아하는 것 같았다. 수년을 나가보지 못한 채 성에서만 지내다보니 그저 여행 자체가 즐거운 듯했다.

"아사, 이리 온."

"야옹~"

자리를 펴고 앉자마자 오웬과 레지나는 아사부터 찾았다. 마차 안에서도 같이 있겠다는 걸 그나마 리안이 극구 말려 지금처럼 휴식할 때나 볼 수 있는 풍경이었다.

아사는 고양이의 모습을 한 채 라키아와 오스왈트와 함께 마차를 타고 이동 중이었다. 오스왈트는 나이가 많다는 이유로, 라키아는 드래곤 기사단의 단장이라는 이유로 특별히 여행 중 마차를 이용하고 있었다.

오스왈트가 잠시 병사들을 다독이는 틈을 타 아사가 리안에게 진심으로 고마움을 전했다. 리안이 아니었다면 여행 내내 꼼짝없이 두 여인의 품에 갇혀 있을 뻔했기 때문이다.

그런데 신기한 것은 속으로는 오웬과 레지나를 몹시도 귀찮아하면서도 둘 앞에서는 아사가 갖은 아양을 떤다는 것이었다.

무슨 애정결핍에라도 걸린 것처럼 둘 말고도 아사는 모든 사람들에게 사랑을 받고 싶어 했다. 물론 그 대상에서 라키아는 제외였다.

이건 리안의 추측이지만 아사는 이렇게 생각하는 것 같기도 했다. 리안을 포함한 모든 사람들에게 라키아보다 많은 사랑과 귀여움을 받고 싶다고.

확인된 것은 아니었다. 사람들에게 재롱을 피면서 아사가 가끔 라키아를 힐끔힐끔 쳐다보는 것을 리안이 몇 번 보았을 뿐이니까.

심증은 있지만 확증은 없는 경우라고 할 수 있었다.

"나랑 얘기 좀 하자."

리안이 아사의 재롱을 보며 즐겁게 웃고 있는 어머니와 동생을 보고 있을 때, 라키아가 어깨를 스치고 지나가며 작게 속삭였다.

'무슨 일이지?'

잠시 기다렸다가 리안도 곧 라키아의 뒤를 따라갔다.

"성 뒤편의 창고에다가 또 무슨 짓을 한 거야?"

일행과 떨어지자마자 라키아가 왠지 배신감에 찬 말투로 물었다. 여행을 떠나기 전부터 묻고 싶은 말이었으나 기회가 없어 이제야 묻는 것이었다.

"아아, 그거?"

"자꾸만 혼자서 일을 저지르는데, 나도 한번 그래볼까?"

자신에게 의논 한마디 없이 리안이 무언가를 한다는 사실에 라키아는 요즘 많이 서운했다. 전에 연무장 사건은 그러려니 하며 지나갔지만 이번에는 절대 그러지 않을 생각이었다.

"대체 뭐야? 거긴 뭔가 다르던데?"

창고에서 흘러나오는 기운은 연무장에서 느끼던 것과는 많이 달랐다. 연무장이 단원들의 수련을 돕기 위해 많은 양의 마나를 모아둔 것이라면, 창고에서는 적지만 뭔가 덩어리처럼 응집된 듯한 느낌을 받았다.

"도대체 어떻게 하면 라키의 눈을 속일 수 있는 거지?"

라키아의 궁금증을 풀어주기는커녕 리안이 도리어 눈을 찡그리며 푸념했다.

"뭐?"

"내가 무슨 짓을 해도 다 아니까 좀 그렇잖아. 마법사도 아니면서. 라키야말로 언제부터 그럴 수 있었던 거야?"

"내가 대단한 거 이제 알았어? 딴소리 말고 어서 창고 얘기나 하시지."

"……게이트야."

"게이트라니?"

"워프 게이트, 몰라?"

"그게 뭐……!"

하도 오랜만에 듣는 용어인 탓에 즉시 알아듣지 못하고 반문하던 라키아의 얼굴이 순간 굳었다.

"너 방금 워프 게이트라고 한 거냐?"

어린 녀석이 대단하다는 건 익히 알고 있었지만 지금만큼은 라키아도 놀라지 않을 수 없었다.

마법에 대해 잘은 몰라도 워프 게이트가 뭔지는 안다. 지금은 존재하지 않는 7서클 이상의 고위 마법사만이 펼칠 수 있는 엄청난 마법이니까.

근데 그걸 만들었다고?

'이 녀석의 실력이 그 정도였단 말인가?'

리안을 보는 라키아의 시선이 경악으로 물들었다. 다른 한편으로는 그런 대단한 실력의 소유자가 리안이라는 사실에 대견함과 흐뭇함을 느끼기도 했다.

리안이 찡긋 웃으며 말했다.

"지금처럼 황도로 가는 여행도 이번이 마지막이니까 라키도 즐길 수 있을 때 즐겨두는 게 좋을 거야. 다음부터는 눈 깜짝할 사이에 두 곳을 오갈 테니."

"……너 대체 정체가 뭐야?"

"응?"

"그런 엄청난 실력을 숨기는 것부터가 수상해. 네가 마법사라는 것도 나만 알고 있잖아. 대체 그래야 하는 이유가 뭐지?"

"라키, 내가 마법사라는 건 아사도 알아."

"그 되다 만 고양이 녀석 얘기가 여기서 왜 나와? 가뜩이나 같이 마차타고 가는 것도 짜증나 죽겠는데."

출발하기 전 아사와 함께라면 가지 않겠다고 버티는 라키아에게 리안은 마음대로 하라며 별로 신경을 쓰지 않았다. 그것 때문인지는 몰라도 라키아는 여행 내내 심기가 불편했고, 언젠가부터 아사를 되다 만 고양이라고 부르고 있었다.

뭐, 아사 또한 라키아의 머리카락 색을 비하하며 흰머리라고 부르고 있으니 피장파장인 셈이었다.

"영주님! 해가 지기 전에 토카시에 도착하려면 지금

출발해야 한다고 하네요. 서두르시지요!"

스캇이 오스왈트의 말을 전하러 오지 않았다면 리안은 아마 한참을 더 라키아에게 붙들려 심신을 혹사당하고 있었을 것이다.

"라키, 다음에 다시 얘기해."

도망치듯 스캇에게로 달려가며 리안은 내심 안도의 한숨을 내쉬었다. 그들 일행이 황도에 도착한 것은 그로부터 보름이 지난 후였다.

*   *   *

요즘 황도를 들썩이는 소문은 여러 개가 있었다. 그중 가장 많이 사람들의 입에 오르내리는 것은 첫째가 황제인 카터 3세가 결혼 적령기에 들었다는 것이고, 둘째가 얼마 전에 생긴 칼리스타 뱅크에 대한 소문이었다.

"어서 옵쇼!"

챙이 넓은 모자를 푹 눌러쓴 사내가 술집으로 들어가자 종업원인 듯한 청년이 우렁찬 목소리로 반갑게 맞이했다.

4년 차 종업원으로서 그는 척 보는 것만으로도 손님들이 원하는 것을 알 수 있었다. 먼지가 많이 묻긴 했지만 디자인으로 보나 재질로 보나 사내가 입고 있는 옷은 그의 1년 치 월급으로도 살 수 없는 것이었다.

이런 부유층 손님들은 대개가 세련된 인테리어로 꾸며진 위층을 선호한다. 더구나 혼자 왔다면 열에 일곱은 조용한 곳을 찾기 마련이다.

종업원은 얼굴 만면에 웃음을 띤 채 위층으로 향하는 계단을 향해 손을 뻗었다.

"손님, 이쪽으로 가시지요."

하지만 언제나 예외라는 것은 존재하고, 원숭이도 나무에서 떨어질 때가 있다.

종업원의 생각과는 반대로 사내가 아래층을 쭉 훑어보더니 그대로 빈자리로 가 앉았다.

잠시 새로운 손님에 눈길을 주었던 아래층 손님들이 사내가 앉자 관심을 돌리며 저마다의 수다에 빠졌다.

"음식은 뭐로 드릴까요?"

애써 민망함을 감추며 종업원이 물었다.

"저쪽과 같은 것으로 하지."

사내가 가리키는 쪽에는 두 명의 사내가 닭요리를 안주 삼아 맥주를 마시고 있었다.

"네, 잠시만 기다리십시오!"

종업원이 넙죽 허리를 숙여 인사하고는 부리나케 주방으로 달려갔다. 그 모습을 멍하니 바라보다가 사내가 쓰고 있던 모자를 벗었다.

중후한 목소리와는 달리 의외로 꽤 젊은 사내였다.

오렌지빛이 나는 짧은 머리칼에 투명한 하늘색 눈동자를 가진 사내는 상당히 준수한 외모의 소유자였다. 다만 얼굴이 많이 지쳐 보였고, 눈에는 시름이 가득했다.

그는 종업원이 음식을 내올 동안 조금은 부러운 눈길로 주변 풍경을 감상했다. 대다수가 술을 먹고 있었기 때문인지는 몰라도 아무런 걱정 없이 웃고 떠드는 모습들이 보기 좋았다.

"주문하신 음식과 술, 여기 나왔습니다. 맛있게 드십시오!"

씩씩한 종업원의 음성마저 사내는 부럽게 느껴졌다. 근래 몇 달 사이에 일어난 일로 인해 사내는 지금 머리가 터질 지경이었다.

커다란 잔에 나온 맥주를 숨 한 번 쉬지 않고 한 번에 벌컥벌컥 들이켰다. 그러자 눈치 빠른 종업원이 시키지도 않았는데 알아서 맥주 한 잔을 더 내왔다.

"고맙소."

억지로 입가에 미소를 지으며 사내가 고마움을 전했다.

그때였다.

갑자기 술집 안에 있던 사람들이 일제히 입구 쪽을 쳐다보며 웅성거리기 시작했다. 입구를 향해 앉아 있었기 때문에 사내가 그 이유를 아는 데에는 오래 걸리지 않았다.

소란의 주인공은 두 명의 중년인과 웬 젊은 청년이었다. 그들은 스윽 하고 안을 살피더니 곧 빈자리로 가 앉았다.

사람들의 시선에는 이미 익숙한 듯 그들은 이것저것 주문을 하고는 자신들만의 대화를 나눴다.

거리가 있었기에 대화를 들을 순 없었지만, 그들이 누구인지는 알 수 있었다. 옆 테이블에 앉은 사내들이 그들에 대해 떠들기 시작했기 때문이다.

"저기 수염 난 자가 바로 일등에 당첨된 빌슨이란 자고, 맞은편이 이등으로 뽑힌 카…… 뭐라더라?"

"그 보조 요리사 말하는 건가?"

"맞네, 맞아. 저 청년이 아버지가 없다나봐. 함께 복권에 당첨된 인연으로 곧잘 만난다고 하더니 오늘 여기에 같이 왔군, 그래."

"저 대머리 사내는 누군지 알고 있나?"

"글쎄, 뭐 친구 아니겠나?"

복권에 당첨된 자가 아니라면 관심 없다는 듯 사내가 맥주를 삼키며 어깨를 으쓱였다.

"아무튼 부러워 죽겠군. 그 돈이면 마누라 잔소리에서 벗어나 몇 년을 마음 편히 살 수 있을 텐데."

"누가 할 소리. 그 돈이면 매일 술 먹고 들어가도 마누라에게 큰 소리 뻥뻥 칠 수 있지."

"나도 이번 참에 복권이란 거 한번 해봐야겠네. 그거 하려면 그 칼리스타 뱅크에 찾아가기만 하면 되는 거지?"

"글쎄, 잘은 모르지만 조금 바뀌었다고 들은 것 같네. 일전에는 뱅크에 찾아가 상담만 받아도 주곤 했는데, 지금은 계좌인지 뭔지를 개설해야만 준다고 하던가? 당첨금도 두 배로 뛰고 이등과 삼등은 몇 명 더 뽑는다고 하더군."

"오호, 그럼 뽑힐 확률이 그만큼 커진다는 소리 아닌가?"

"에이, 그건 아니지. 우리 같은 사람들이 어디 한두 명이겠는가?"

"하기는……."

기대감이 착 가라앉으며 사내가 우울한 목소리로 닭다리를 뜯었다.

"그나저나 칼리스타 뱅크란 곳 신기하지 않나, 자네?"

"뭐가 말인가?"

"아니, 담보도 없이 대출을 해주는 것도 그렇고, 서민들 상대로 복권이란 것을 하는 것도 그렇고. 돈이 얼마나 많으면 그렇게 막 퍼준단 말인가? 난 그게 정말이지 이해가 안 되네."

"하긴, 듣기로 아무나 해주는 건 아니라지만 꽤 많은 사람들이 대출을 받아갔다지? 이자율도 다른 뱅크에 비해 턱없이 낮고. 돈이 너무 많아 주체할 수 없는 사람인가?"

"그런 돈 있으면 나나 좀 주지."

"그러게 말일세. 내 평생소원이 돈 걱정 없이 술 한 번 마셔보는 거라네."

어느새 두 사내의 대화는 한탄조로 흘러가고 있었다.

그들의 얘기를 조용히 듣고 있던 사내의 손에는 어느새 맥주가 세 잔째 들려 있었다. 하지만 무언가를 골똘히

생각하는 듯 사내는 잔에 입도 대지 않은 채 가만히 쥐고만
있었다.

"칼리스타 뱅크라……."

그러길 얼마나 지났을까.

김이 빠져 맛이 없어진 맥주를 단숨에 들이켜며 사내가
자리에서 일어났다.

여기까지 온 마당에 들르지 못할 이유가 없었다. 어차피 갈
때까지 간 상황이 아니던가.

사내의 발걸음이 향한 곳은 조금 전 리안이 도착했을
칼리스타 뱅크의 황도 지점이었다.

*   *   *

클로드가 리안을 위해 마련한 저택은 외관이나 구조가 매우
독특하면서도 고급스러운 느낌이 나는 곳이었다.

하지만 관리가 소홀했던 듯 군데군데 손 볼 곳이 조금
보였고, 정원사도 몇 명 고용해야 할 것 같았다.

그래도 깔끔하게 청소를 해놓은 덕분에 당장 사는 데에는 별
문제가 되지 않았다.

도시가 다 그렇듯 황도에서도 가진 것과 신분에 따라 사는
위치가 갈리는데, 리안의 저택은 귀족들이 몰린 곳에서 약간
떨어진 곳이었다.

처음이다시피 한 여행으로 인해 오웬과 레지나는 녹초가 된 지 오래였다. 리안이 틈틈이 피로 회복 마법을 몰래 걸어주긴 했지만, 긴 여정이었던 만큼 두 모녀에게는 힘든 시간이었다.

반면 리안은 아주 쌩쌩했다. 요기 후 바로 욕실로 달려가는 두 모녀와는 달리 리안은 곧장 칼리스타 뱅크로 향했다.

사실 황도에 도착 즉시 리안이 가고 싶었던 곳은 저택이 아닌 뱅크였다. 근 스무여 일을 마차에서 보냈기에 그 사이에 무슨 일이 있었는지 보고조차 받지 못한 것이다.

무엇보다 직접 눈으로 뱅크의 모습을 확인하고 싶었다. 분위기는 어떤지, 고객들의 반응은 괜찮은지, 직원들의 근무 환경은 좋은지 등등 알고 싶은 것들이 많았다.

뱅크를 향한 마차 안에는 리안은 물론이고, 라키아와 아사 그리고 스캇이 동행했다.

친구인 클로드가 보고 싶어 따라나선 거라고 하지만 리안은 스캇의 진심을 알고 있었다. 황도로 발령이 난 것은 클로드뿐이 아니기 때문이다.

본인의 요청에 따라 요한나도 클로드와 함께 황도로 발령을 받고 이곳에서 일하고 있었다.

덕분에 스캇은 근 몇 달 동안을 요한나의 얼굴조차 구경하지 못했다. 그러니 얼마나 애가 타겠는가?

스캇은 리안이 뱅크에 갈 거란 소리에 식사도 하는 둥 마는 둥하며 부리나케 달려와 마차에 올랐다.

녀석의 일편단심이 언제 결실을 맺을 것인지 리안은 걱정 반 기대 반이었다. 전의 삶에서는 끝내 둘이 이어지는 것을 보지 못했기 때문이다.

뭐, 엄밀히 말하면 지금도 스캇 혼자서 짝사랑하고 있으니 상황은 비슷하다고 할 수 있었다. 다른 면에서는 심각할 정도로 담이 센 반면, 스캇은 아직 요한나에게 고백조차 못한 상태였다.

"우와! 영주님, 저것 좀 보세요. 저게 대체 몇 층이나 될까요?"

조금 전까지 요한나를 볼 생각에 긴장하던 녀석은 사라지고 없었다. 마차 밖으로 보이는 고층 건물의 모습에 스캇이 어린아이처럼 감탄사를 내질렀다. 어떤 면에선 참 대단한 녀석이 아닐 수 없었다.

"하나, 둘, 셋, 넷……."

정말로 궁금했는지 스캇이 좋지도 않은 머리로 어려운 도전을 시작했다.

과연 끝까지 셀 수 있을까?

결과는 아니오다. 구불구불한 길 덕분에 마차가 연이어 코너를 돌았기 때문이다.

잠시 스캇이 불만스러운 표정을 짓긴 했지만, 녀석의 관심은 이내 다른 것으로 돌아갔다.

"볼수록 시끄러운 녀석이군."

라키아가 부산스러운 스캇을 향해 한마디 했다.

오랜만에 찾은 황도의 모습은 3년 전과 별반 다르지 않았다.

'지금쯤 황제께선 무얼 하고 계실까. 그 사이 많이 자라셨겠지.'

나름 감상에 젖어 아련히 창밖을 바라보는데 스캇이 자꾸만 분위기를 깼다. 시끄러운 녀석이라는 건 원래부터 알았지만 오늘은 어째 더 심한 것 같았다.

"헤헤, 제가 황도는 처음이거든요."

까칠한 라키아의 말투에도 아랑곳없이 스캇이 배시시 웃으며 라키아를 돌아봤다. 얼마 전 본인의 실력으로 당당히 드래곤 기사단에 입단한 스캇은 라키아 앞에서 주눅 들지 않는 몇 안 되는 단원 중 하나였다.

"단장님은 황도가 신기하지 않으세요?"

"별로."

"아니, 왜요? 어째서 이 어마어마한 황도가 신기하지 않을 수 있죠? 저희가 언제 또 이런 황도에 올 수 있겠냐고요!"

"살았거든."

"……에?"

"여기서 살았다고."

"헉! 정말요?"

황도에서 살았다는 이유만으로 스캇은 라키아를 존경할 이유가 하나 더 늘었다고 생각하는 듯했다. 거의 숭배하는 듯한 눈빛으로 스캇이 라키아를 올려다봤다.

그런 스캇의 반대편 창가에는 아사가 거의 매달리다시피 한 자세로 바깥 풍경에 몰두하고 있었다.

호기심이 어찌나 많은지 누가 업어 가도 모를 정도로 온 정신이 바깥에 쏠려 있었다.

"도착했습니다. 내리시지요."

바깥 풍경에 서서히 질려갈 쯤 드디어 마차가 섰다. 내리지 않고도 마차의 창문을 통해 칼리스타 뱅크라고 써진 간판을 볼 수 있었다.

역시 생각하던 것과 보는 것은 확연한 차이가 난다. 화려한 필체로 멋들어지게 쓰인 글자가 그 순간 리안의 가슴에 잔잔한 감동을 일으켰다.

이제야 왠지 뱅크를 시작했다는 실감이 나는 것 같았다.

"영주님, 어서 내리시지요."

밖에서 들리는 익숙한 음성의 주인공은 포와티어였다. 어느새 그가 리안의 방문 소식을 듣고 마차가 있는 곳까지 나와 있었다.

"잘 있었나?"

리안은 반갑게 인사하며 마차에서 내렸다. 밖에는 포와티어 말고도 클로드와 퍼셀을 포함한 많은 직원들이 마중 나와 있었다.

줄까지 맞춰 서 있던 직원들이 리안이 내리자 일제히 허리를 숙이며 인사했다. 이런 환대까지는 생각하지 못했던 리안은 당황스럽기도 했지만 그들에게 일일이 미소로 화답했다.

조각 같은 리안의 얼굴에 미소가 어리자 여기저기서 탄성의 목소리가 새어나왔다. 대부분이 여직원들로 리안을 향한 그들의 충성심은 장담하건대 알만 못지않았다.

"클로드, 잘 있었냐?"

"스캇!"

뒤늦게 마차에서 내리는 친구를 발견하고 클로드가 반가운 얼굴로 뛰어왔다. 둘은 마치 10년 만에 만난 사이라도 되듯 서로를 세게 끌어안았다.

"근데 요한나가 안 보인다?"

그런 클로드의 귀로 스캇이 조금의 망설임도 없이 요한나의 이름을 꺼냈다. 웃음 짓던 클로드의 얼굴이 단번에 구겨지며 스캇을 밀쳐냈다.

"네가 그럼 그렇지. 요한나가 보고 싶어서 온 거냐?"

"그럼 안 보고 싶겠냐? 안에 있어?"

"어휴, 너도 중증이다. 고백도 못 할 거면서 찾기는 우라지게도 찾지."

언제나 그렇듯 고개를 젓고 혀를 차면서도 클로드는 턱으로 안을 가리키고 있었다. 들어가 보라는 뜻이었다.

"정말 반갑다, 친구야!"

스캇이 씩 웃으며 클로드의 어깨를 툭 치고는 기다릴 것 없이 안으로 쏜살같이 튀어갔다.

자세한 얘기는 안에 들어가서 하자는 포와티어에 말에 따라 리안도 아사를 품에 안은 채 걸음을 옮겼다.

그런데 언제부터일까?

갑자기 누군가의 따가운 시선이 느껴졌다. 리안의 옆에서 나란히 걷고 있던 라키아가 걸음을 멈추며 어딘가를 노려본 것도 그때였다.

라키아의 시선이 향한 곳에는 챙이 넓은 모자를 쓴 웬 사내가 리안을 뚫어지게 쳐다보고 있었다.

모자 때문에 눈이 보이지는 않았지만 리안은 분명하게 시선을 느낄 수 있었다.

적의가 느껴지지는 않았다. 그렇다고 호의도 아니었다.

처음 보는 자의 이해할 수 없는 시선에 리안이 고개를 갸웃했다.

"아는 놈입니까?"

다른 사람이 있을 때는 언제나 그렇듯 라키아가 존대를 하며 물었다. 리안은 혹시나 하는 생각에 유심히 사내를 지켜보다가 대답했다.

"아니."

"어떡할까요?"

"글쎄……."

그냥 지나쳐 들어가야 하나, 아니면 먼저 다가가 물어봐야 하나 리안은 잠시 고민했다.

그때였다.

갑자기 사내가 무언가 결심이라도 한 사람처럼 리안을 향해 성큼성큼 걸어왔다.

직원들이 리안을 둘러싸고 있었지만 라키아가 직접 앞으로 나가 사내를 막아섰다.

"무슨 일이지?"

상대의 신분도 묻지 않고 라키아는 다짜고짜 반말부터 해댔다. 말투나 행동 모두가 굉장히 위협적이었다.

다행히 사내는 별 반항 없이 멈춰서며 자신의 용건을 말했다. 거리가 가까웠기에 사내의 말은 리안의 귀에도 분명하게 들려왔다.

"나는 칼리스타 뱅크의 주인을 만나러 왔소. 내가 찾는 사람이 저자인 것 같은데, 내가 잘못 짚은 것이오?"

"……뱅크를 찾은 손님이오?"

"일단은 그렇다고 할 수 있지. 그대의 주인과 얘기를 나누고 싶은데 비켜주겠소?"

얼굴이 보이지 않아 나이를 짐작할 순 없지만 말투로 보아 어중이떠중이는 아니었다. 게다가 풍기는 분위기가 꽤 중요한 일로 인해 리안을 찾은 듯했다.

라키아가 슬쩍 몸을 틀어 리안을 돌아봤다. 어떻게 할까 의중을 묻는 것이었다.

리안은 잠시 생각하는 듯하다가 고개를 살짝 끄덕였다.

자신을 찾은 방법이 좀 특이할 뿐 나쁜 사람 같지는 않았기 때문이다.

"영주님께서 허락을 하시는군요. 하지만 안으로 들어가기 전에 먼저 신분을 밝혀주시는 것이 좋겠습니다."

"지금 여기서 말인가?"

"못할 이유라도 있습니까?"

이름을 밝히지 못한다는 건 그만큼 떳떳하지 못하다는 소리였다. 라키아의 요구에 사내는 어깨를 흠칫거리며 망설이는 기색을 보였다.

"이름을 밝힐 수 없……."

"체노위스 경이라고 불러주시오."

라키아의 말을 자르며 사내가 결심한 듯 말했다.

"체노……위스?"

어쩐지 익숙한 이름에 라키아가 고개를 기우뚱하며 사내의 모습을 재차 살폈다.

'체노위스?'

리안 또한 눈을 동그랗게 뜨고 체노위스란 말을 곱씹었다.

"영주님, 저분을 만나기 전에 저와 먼저 말씀을 나누는 것이 좋을 것 같습니다."

기억이 날 듯 말 듯한 리안의 귀에 포와티어의 음성이 들려왔다. 말투로 보아 중요한 무언가를 알고 있는 것 같았다.

리안은 사내를 안으로 모시라고 지시한 후 포와티어를 따라 그의 방으로 갔다.

자고로 상대에 대해 많이 알수록 유리한 법이었다.

"……그때 그 녀석인가?"

직원을 따라 안으로 들어가는 사내의 뒷모습을 보며 라키아가 중얼거렸지만 그의 어투에는 확신이 없었다.

아사는 리안을 따라가고 싶었으나 직원들의 손에 잡혀 라키아와 함께 있어야 했다.

"저자는 체노위스 백작 가문의 장남인 듀란 폰 체노위스라는 자일 겁니다. 아니, 그자가 거의 확실합니다. 영주님, 그를 만나시면 절대로 안 됩니다!"

포와티어는 리안이 자리에 앉기도 전에 조금 전 만난 사내가 얼마나 위험한지에 대해 열변을 토하며 광분했다.

"지금 체노위스 가문은 어마어마한 빚에 시달리고 있습니다. 자그마치 그 빚이 7000골드에 달한다고 합니다. 알려진 게 그 정도이니 숨은 빚이 더 있겠지요. 안 그래도 그곳 장남이 돈을 구하기 위해 여기저기 다닌다고 들었습니다."

"빚이라……. 그런데 우리는 개업한 지 이제 몇 달 되지도 않았는데, 다른 뱅크부터 가봐야 하는 것 아닌가?"

리안이 이상하다는 듯 묻자 포와티어가 주먹으로 탁자를 쾅 내리쳤다.

"그렇지요! 아주 간단하게 생각하시면 됩니다. 아무도 돈을 빌려주지 않으니 저희 뱅크에 온 것입니다. 신생 뱅크라고 우리가 아무것도 모를 줄 알고 말이지요."

"아무것도 모르다니?"

거액의 빚을 졌다는 이유만으로는 포와티어의 지금 행동을 이해하기란 어려웠다. 게다가 그의 말투에서는 왠지 상대를 향한 경멸까지 서려 있었다.

잠시 숨을 고르는 듯하더니 포와티어가 말했다.

"체노위스 경의 아버지인 체노위스 백작은 대단한 노름꾼입니다. 워낙 큰 것을 걸고 내기 도박을 자주 하는 사람이라 저같이 뱅크 계통에서 일하는 사람들 사이에선 아주 유명한 사람이죠."

"그런데?"

"얼마 전 예전에 설리번 뱅크에서 함께 일했던 후배를 우연히 만났습니다. 아직도 이쪽에서 일을 하고 있기 때문에 알고 있는 것이 무척 많은 친구죠. 술 한 잔 하면서 듣게 된 얘긴데, 글쎄 몇 달 전에 그 체노위스 백작이 내기 도박을 했다가 성을 통째로 날리게 생겼다지 뭡니까?"

"헉! 도박으로 성을?"

리안은 무슨 얘기를 해도 놀라지 않을 자신이 있었다. 이미 도박에 대한 말도 들었기에 대충 예상도 하고 있었다.

하지만 한 번의 내기 도박으로 성을 날렸다니!

기가 막혔다.

"체노위스 가문이라고 하면 대대로 부유한 가문 중

하나입니다. 그게 다 제국에서 손꼽히는 곡창지대인 맥파랜드 때문이지요."

"아, 거기라면!"

"네, 영주님도 아실 겁니다. 대지의 여신에게 축복을 받았다고 하는 땅이죠. 그곳은 씨앗만 뿌려도 풍성한 열매가 알아서 맺히고, 농작물은 병충해도 없이 자란다고 합니다. 가축들도 좋은 먹이를 먹고 자란 탓에 맛이 아주 일품이죠."

"그 정도인가?"

리안이 놀랍다는 듯 눈을 크게 뜨자 포와티어가 웃으며 말을 이었다.

"물론 과장이 많이 섞였겠지요. 그 정도로 풍요로운 땅이라는 얘기가 아니겠습니까? 아무튼 그런 대단한 것을 소유한 가문이 체노위스 백작 때문에 지금은 망할 위기에 처했다는 겁니다. 도박으로 재산을 거의 다 날린 것도 모자라 남은 성까지 결국 그렇게 만든 거죠."

"한심한 사람이군."

"누가 아니랍니까. 자고로 도박하는 인간들은 죄다 잡아다가 철창에 가둬야 합니다! 그래야 다시는 도박을 안 하지요!"

아무래도 포와티어의 가족이나 그가 잘 아는 사람 중 누군가가 도박으로 인해 속을 썩인 게 분명했다. 그게 아니라면 이렇게까지 흥분할 이유가 없었다.

"듣자 하니 체노위스 백작이란 작자는 이번 일로 충격을 심하게 받고 몸져누웠다고 합니다. 자식도 몰라볼 정도로 상태가 심각한 모양입니다. 원래 뒤늦은 후회는 많은 고통을 불러오기 마련이지요."

"그러니까 좀 전에 본 사내가 아버지 대신 성을 살리기 위해 돈을 빌리러 다닌다는 거군."

"네, 영주님. 성을 넘겨줄 수는 없으니 돈으로 갚으려는 것이죠. 아마 예전의 체노위스 가라면 그 정도는 충분히 융통하고도 남았을 겁니다. 하지만 지금은 그의 아버지가 다 말아먹고 달랑 성과 맥파랜드만 남았지요."

"성을 담보로 대출을 받으려고 할까?"

"어이구, 바보가 아닌 이상 아무도 그러려고 하지 않을 걸요? 이미 날아가 버린 성이 아닙니까. 잡으려면 맥파랜드를 잡아야지요."

"근데 왜 아무도 안 해주는 거지?"

안 그래도 리안도 그 생각을 먼저 했다. 대지의 여신에게 축복까지 받은 땅이라고 하니, 거액이라고는 하나 충분히 돈을 빌릴 수 있을 거라 생각한 것이다.

"아, 제가 이 말씀을 빼먹었군요. 일전에 만났다는 후배가 쉬쉬하며 저만 알라고 해준 말이 하나 있는데, 그게 설리번 뱅크가 맥파랜드에 눈독을 들였다고 합니다."

"그게 무슨 뜻이야?"

"쉽게 말씀드리자면, 설리번 뱅크가 맥파랜드를 담보로 잡고 체노위스 가문에게 돈을 빌려주겠다고 했다는 겁니다. 워낙 빚이 거액인지라 사실상 제국에서 감당할 수 있는 뱅크도 몇 개가 안 됩니다. 괜히 나섰다가 같이 휘청할 수도 있으니까요. 어쨌든 설리번 뱅크가 나섰으니 나설 만한 곳도 나설 수가 없게 되었다는 겁니다. 설리번과 경쟁해서 이득 될 게 없으니까요."

"아하, 제일 강자가 나섰다 이거지? 근데 왜 체노위스 가에선 그런 설리번과 손을 안 잡고 여기로 온 걸까?"

"아무래도 불안해서 그런 거겠죠. 맥파랜드는 체노위스 가문의 상징과도 같은 것입니다. 그걸 담보로 잡히는 것도 가문의 수치일뿐더러 사람 일은 모르는 거니까요."

"그래도 매년 맥파랜드로 인해 벌어들이는 수익이 있을 거잖아. 그걸로 빌린 돈은 충분히 갚을 수 있을 것 같은데?"

나이로 치자면 리안은 포와티어에겐 거의 손자뻘이라고 할 수 있었다. 하지만 리안이 얼마나 어른스럽고 총명한지 잘 아는 그이기에 나이를 떠나 지금껏 진심으로 리안을 존경하고 흠모해 왔다.

그러나 지금만큼은 리안이 또래의 소년처럼 느껴졌다. 방금 전 리안의 말은 너무도 순진한 발상이었던 것이다.

"영주님, 맥파랜드가 어떤 땅인지는 영주님도 아신다고 하셨지요? 그런 땅을 설리번 뱅크에서 가만히 놔둘까요?"

"……!"

"네, 생각하신 대롭니다. 아마도 그 땅을 차지하기 위해 온갖 수를 동원하겠지요. 설리번 뱅크의 주인은 준남작의 낮은 작위를 가진 자지만, 누리는 위세는 가히 제국의 두 공작 가문에 버금갈 정도입니다. 그가 마음만 먹는다면 담보로 잡은 땅을 빼앗기란 아주 쉬울 겁니다."

리안은 적지 않은 충격을 받았다. 거기까지는 전혀 생각지도 못했다. 그저 담보를 잡히고 대출을 받아 이자와 함께 갚으면 된다고, 너무도 단순하게 생각한 것이다.

권력과 물질을 향한 귀족들의 세계는 암투가 난무하며 전쟁만큼이나 살벌하고 무섭단 소리를 언젠가 들은 적이 있다.

그러고 보니 혹시 체노위스 백작이란 자가 도박으로 성을 날린 것도 다 짜여진 각본은 아닐까?

불현듯 그런 생각이 들었다. 그리고 이제야 비로소 그런 귀족들의 세계에 한 발 디딘 느낌이 들었다.

'정신 바짝 차려야겠군. 하지만 난 그들처럼 살지는 않을 거야.'

리안은 옳은 방법으로 자신이 원하는 세상을 만들고 싶었다. 그것이 아무리 어렵더라도 말이다.

"듀란 폰 체노위스라고 했던가? 그는 지금 어디에 있지?"

"영주님, 그자를 만나시려는 겁니까? 뭐 하러 그런 자를……"

"내가 알아서 할 테니 안내해줘."

리안은 부드럽게 미소를 지으며 포와티어를 바라봤다. 포와티어는 감히 더 말할 수 없었다. 지금처럼 웃을 때의 리안이 가장 무섭다는 걸 아는 탓이다.

그가 조용히 자리에서 일어나더니 리안을 옆방으로 안내했다.

리안이 들어서자 긴장한 기색이 역력한 얼굴로 듀란이 자리에서 일어났다. 모자를 벗은 그는 리안보다 고작 두세 살 더 많아 보였다.

리안은 그의 맞은편에 자리를 잡았고 포와티어는 불안한 눈빛으로 리안의 뒤편에 시립했다.

"이미 알고 계신 것 같지만 초면이니 제 소개를 하죠. 저는 아드리안 폰 칼리스타라고 합니다. 대출 때문에 저를 찾아오셨다고요?"

리안은 단도직입적으로 나갔다. 대출이란 말에서 잠시 멈칫거리는 듯했지만 상대는 뜸들이지 않고 대답했다.

"네, 맞습니다. 저는 듀란 폰 체노위스라고 하고, 체노위스 백작이 제 아버지입니다. 다 알고 계시다니 저도 다른 말씀 드리지 않겠습니다. 제게 7000골드를 빌려줄 만한 능력이 칼리스타 뱅크에 있습니까?"

듀란의 능력이란 단어 선택이 마음에 들지 않은 듯 포와티어가 입술을 불퉁거렸다.

하지만 다음 순간 그런 그의 입이 놀람으로 인해 크게 벌어졌다.

"물론입니다. 그 정도의 능력도 되지 않고서야 뱅크를 차릴 수는 없지요."

사실 말이 지점장이지 포와티어는 칼리스타 뱅크의 자본금이 어느 정도인지 제대로 알지 못한다. 그저 필요한 대로 리안이 가져다주기 때문이다. 궁금해서 살짝 운을 떼어보기는 했으나 의도적인 것인지 어쩐지 매번 대답을 들을 수 없었다.

그런데 지금 리안은 그런 거액을 입에 담으면서도 그 정도라고 말했다.

대체 자본금의 규모가 어느 정도이기에 저리도 당당한 것인지, 포와티어는 놀라운 한편 입이 바짝바짝 말랐다.

놀라기는 돈을 빌리러 온 듀란도 마찬가지였다. 어쩌다가 여기까지 오긴 했지만 거의 반 이상은 포기하고 있었던 게 사실이다.

제국의 모든 뱅크에서, 돈 좀 있다 하는 거부들과 귀족들에게서도 모조리 거절을 당했기 때문이다.

그런데 칼리스타 뱅크의 주인이라는 눈앞의 소년은 너무도 당당했다. 직감이지만 왠지 거짓말인 것 같지는 않았다.

설명할 순 없지만 왠지 무시할 수 없는 어떤 무언가가 소년에게서 느껴졌다.

"제게 그 돈을 담보 없이 빌려주실 수 있습니까?"

듀란은 침을 꿀꺽 삼키며 물었다.

"돈은 반드시 갚겠습니다. 제 목숨을 걸고 신께 맹세합니다."

염치없지만 그것이 그가 할 수 있는 최대한의 약속이었다. 성은 이미 다른 사람에게 넘어갔고, 가문의 유일한 자존심인 맥파랜드만은 수치스럽게 만들 수 없었기 때문이다.

그런데 아무래도 자신의 눈과 귀가 잘못된 것 같았다. 마음의 준비도 하기 전에 헛것이 보이고 헛소리가 들려왔다.

"그러죠."

리안이 고개를 끄덕이며 승낙을 한 것이다.

"……죄송한데, 지금 알겠다고 하신 겁니까?"

너무 순식간에 일어난 일인지라 듀란은 자신이 잘못 들었다고 확신했다. 고개를 끄덕인 것 같으나 자신이 혼란스러워 착각을 했었을 수도 있다.

그러나 기가 막히게도 상대는 다시금 고개를 끄덕이며 친절하게 또박또박 대답했다.

"네, 빌려드리겠다고 했어요."

"저, 정말입니까?"

듀란은 믿을 수 없어 소리쳤다. 기대를 하지 않은 것은 아니지만, 정말로 빌려줄 거라곤 상상도 하지 못했던 것이다.

지푸라기도 잡는 심정으로 찾아왔건만 일이 이렇게 풀릴 줄이야. 믿을 수 없는 결과에 몸이 부르르 떨리며 소름이 다

끼쳤다.

　반면 포와티어는 기함하며 리안의 앞으로 달려왔다.

　"여, 영주님! 지금 빌려주시겠다고 하신 겁니까?"

　"응, 포와티어."

　"세상에! 절대, 절대로 안 됩니다! 설리번 뱅크에서 가만히 있지 않을 겁니다!"

　"그렇겠지."

　"그걸 아시면서 지금 이러시는 겁니까?"

　포와티어가 답답하다는 듯 자신의 가슴을 주먹으로 내리쳤다.

　"포와티어, 그런 얘기는 차차 하고 지금은 나가 있는 게 좋겠어."

　"영주님!"

　"이따가 봐."

　리안이 부드럽게 웃으며 포와티어를 억지로 내보냈다. 마치 두고 보자는 듯 포와티어가 듀란을 잠시 노려보다가 하는 수 없이 자리를 비켰다.

　"고맙습니다! 정말 고맙습니다! 이 은혜는 평생 잊지 않겠습니다!"

　포와티어가 나가자마자 듀란이 기다렸다는 듯 리안에게 연신 감사의 마음을 전했다.

　"단 조건이 있습니다."

"정말로 고맙······?"

기뻐하던 얼굴에 먹구름이 끼는 것은 순식간이었다. 조건이란 말에 듀란의 얼굴이 처음 보았을 때만큼이나 심각하게 굳었다.

"담보 없이 돈을 빌려주는 대가로 제게 약속하실 것이 있습니다. 그 약속을 지켜야지만 저도 도움을 드릴 수가 있습니다."

"······약속이라니요?"

"판단은 알아서 하십시오. 그쪽이야 밑져야 본전일 것 같은데, 제 조건을 들어보시겠습니까?"

당황스러워하는 듀란에게 리안이 화사한 웃음과 함께 긴 이야기를 시작했다.

제8화

초대

우당탕탕!

좀처럼 격하게 감정을 드러내는 법이 없던 주인이 책상 위의 물건을 모조리 집어던지자 안 그래도 겁이 많은 고셋은 거의 울기 직전이었다.

"시작해."

설리번은 끓어오르는 가슴을 진정시키며 조용히 뇌까렸다. 그러자 고셋이 갖고 있던 서류더미에서 종이 한 장을 빼들어 재빨리 낭독했다.

"아드리안 폰 칼리스타 백작. 나이는 올해 열여덟 살로, 아버지가 죽고 열두 살에 영주가 되었습니다. 가족으로는

어머니와 여동생이 하나 있으며, 재산으로는 성과 땅이 전부인
듯합니다."

"규모는?"

"영지의 넓이로만 따지만 제국에서 몇 손가락에 꼽힐 겁니다.
하지만 대부분의 땅이 척박할 뿐더러 늪지대가 많아 크기만
하지 쓸모는 없는 땅덩이라 할 수 있습니다."

"광산이라거나 돈이 될 만한 것은?"

"조사한 바로는 없습니다."

"성과 영지를 돈으로 환산한다면 얼마나 될 것 같나?"

"글쎄요, 워낙 낙후된 곳이라 시세를 잘……."

고셋은 흐르는 이마의 땀을 손바닥으로 아무렇게나 닦으며
주인의 눈치를 살폈다.

그것을 아는지 어쩐지 설리번이 차가운 눈길로 지시했다.

"돈은 얼마가 들어도 좋으니 다시 조사해 보도록. 뭔가
수상해. 시골 촌놈 주제에 어디서 그런 돈이 나왔단 말인가?
분명 놈의 자금줄이 있을 거야. 그걸 찾아와. 그게 무엇이든
간에 내가 빼앗고 말 테니까."

"저…… 마스터, 오랫동안 시골에서 조용히 살면서 재산을
조금씩 축적한 것은 아닐까요? 워낙 촌놈이다 보니 이번 일도
앞뒤 모르고 덤벼든 것이 분명합니다."

"그런 시골 영지에서 세금을 걷어봤자 얼마나 되겠나?
치프씩이나 돼서 고작 한다는 말이 그건가?"

"……죄송합니다."

"체면을 살려준답시고 성에서 계속 사는 것도 눈감아 주었더니, 이렇게 뒤통수를 쳐? 감히 나 설리번을 어떻게 보고!"

다시 생각해도 기가 막힌다는 듯 설리번이 주먹까지 쥐며 분개했다.

며칠 전 체노위스 가에서 날아온 한 장의 서신으로 인해 설리번 뱅크는 발칵 뒤집혔다고 해도 과언이 아니었다.

상황이 상황인 만큼 잔뜩 기대를 갖고 펼쳐본 서신이었다. 하지만 그 내용은 뒷목을 잡고도 남을 만큼 충격적이었다.

친애하는 설리번 경에게.

안녕하십니까. 듀란 폰 체노위스입니다.

다름이 아니라 성을 되찾았다는 말씀을 전해드리기 위해 이 편지를 씁니다.

힘들었지만 고비를 무사히 넘기게 되었네요. 맥파랜드를 담보로 잡히지 않아도 되어서 얼마나 다행인지 모르겠습니다.

모든 것이 설리번 경께서 걱정을 해주신 덕분이라고 생각합니다. 그간 체노위스 가에 보여준 경의 우정은 절대로 잊지 않겠습니다.

그럼 다음에 한 번 찾아뵙지요.

듀란 폰 체노위스

설리번은 서신의 내용을 도저히 받아들일 수가 없었다. 아무리 읽고 또 읽어봐도 이해가 되지 않았다.

성을 되찾았다는 것은 곧 빚을 갚았다는 소리다.

여기서 말이 안 되는 게 빚을 갚았다면 설리번이 지금껏 모를 수가 없었다. 앞에 나선 이는 다르지만, 채권자는 엄연히 설리번 그였기 때문이다.

이번 일을 뒤에서 조종한 것이 바로 자신이었다. 그런데 누가 자신도 모르게 돈을 갚았다는 말인가.

누군가 급히 찾아온 것은 그때였다.

평소 직감이 매우 좋은 편인 그는 듣기도 전에 상대가 무슨 말을 할지 짐작이 갔다. 그는 이번 일에 설리번이 정면으로 내세웠던 자였기 때문이다.

잠시 얼이 나갔지만 설리번은 급히 조사에 착수했다. 대체 어느 간 큰 자가 자신을 무시하고 돈을 빌려준 것인지 꼭 알아내야 했다.

결과가 나오기 전 예상 후보로 네댓 명 정도를 뽑았다. 평소 설리번과 사이가 좋지 않거나 경쟁 업체의 주인들이었다.

하지만 그의 예상은 완전히 벗어났다. 황당하게도 체노위스 백작가의 빚을 해결해준 곳은 신설된 지 몇 달 되지도 않은 칼리스타 뱅크였다.

전단지까지 동원해 홍보를 했던 곳이고, 신용 대출이라는 말도 안 되는 것을 시작한 곳이기에 안 그래도 설리번이 관심을 갖던 곳이었다.

전혀 생각지도 못한 것에 발등이 찍히자 기분이 아주 더러웠다.

이번 체노위스 가문에 들인 공이 얼마이며, 이 순간을 얼마나 기다렸던가. 맥파랜드는 설리번이 어떤 무엇보다도 갖고 싶은 것이었다.

체노위스 가문의 상징과도 같은 그곳은 뛰어난 곡창지대이기도 하지만, 어마어마한 광맥이 있는 곳이기도 했다. 이것은 그동안 비밀리에 조사를 해오다가 알아낸 사실이었다.

그런 엄청난 곳을 이제 갓 생긴 신생 뱅크로 인해 놓친 것이다. 아마 지금쯤이면 이 사실이 공작에게도 들어갔을 것이다.

'문책을 피하지 못하겠군.'

노여워할 공작의 얼굴을 떠올리자 설리번의 눈가에 미세한 경련이 일었다. 황제마저도 두려워하지 않는 그가 유일하게 두려워하는 이를 꼽으라면 바로 공작이었다.

톡톡.

설리번은 눈을 감은 채 팔걸이를 손톱으로 톡톡 내리쳤다. 뭔가 고민을 할 때면 나오는 그의 오랜 습관 중 하나였다.

꽤 오랜 시간이 지났다. 설리번이 자리에서 일어나더니 창가로 걸어가며 입을 열었다.

"고셋, 만약 누군가 자네의 물건을 뺏어간다면 어찌할 텐가?"

"······그거야 다시 찾아와야지요."

뜬금없는 물음이었지만 고셋은 망설이지 않고 대답했다. 그러자 설리번이 씩 미소를 지으며 돌아봤다.

"맞네. 다시 빼앗아 오면 되지. 그게 시간이 얼마나 걸리든 상관없이 말이야."

"······!"

"당분간 내가 따로 지시를 내리기 전까지는 양쪽의 동태만 살피도록."

양쪽이란 아마도 체노위스 가와 칼리스타 뱅크를 말하는 것이리라. 고셋은 명심하겠다는 듯 입술을 꽉 다물며 고개를 한 번 끄덕였다.

"그리고 조건이 무엇이었는지도 알아오게."

"조건이라 하시면······?"

"칼리스타 뱅크에서 그만한 돈을 빌려주었으면 원하는 것이 있었을 것 아닌가. 그게 뭐였든 맥파랜드는 아니었을 거야. 그러니 체노위스 가에서 손을 잡았지."

"아······."

"설마 그런 거액을 담보 없이 빌려주지는 않았을 테고, 그게 무엇일까······."

체노위스 가에 남은 것이라곤 그가 알기로 맥파랜드가 유일했다. 대체 어떤 걸 담보로 잡히고 돈을 빌렸을지 설리번은 진정 궁금했다.

"참, 내일 저녁 파티가 몇 시랬지?"

"헤이스버트 백작 저택에서 열리는 파티 말입니까?"

평소 파티에는 관심이 없는 주인이기에 고셋의 얼굴에는 의아함이 떠올랐다.

"아무 파티나 상관없네. 될 수 있으면 사람들이 많이 몰리는 곳이 좋겠군."

황도에서는 매일 밤 귀족들의 저택에서 많은 파티가 벌어진다. 파티의 주최자는 거의가 부인들로, 간혹 사이가 좋지 않은 부인끼리는 누가 더 많은 손님이 오는지 경쟁이 붙기도 했다.

"헤이스버트 백작 부인 아시지 않습니까. 부인과 같은 날에 파티를 열면 공적으로 몰리고도 남을 겁니다. 내일 밤은 아마도 백작의 저택만이 불야성을 이루지 않을까요."

"그래? 그럼 부인에게 내가 초대장 하나 부탁한다고 전갈을 넣게나."

"초대장이라니요?"

"수신인은 칼리스타 백작 앞으로."

"그를 직접 보실 생각입니까?"

"겸사겸사. 마침 황도에 와 있다고 하니 기회가 좋지 않은가? 어떤 녀석일지 매우 궁금하다네. 이번 기회에 내가 누구인지 똑똑히 알아야 할 거야."

"알겠습니다. 근데 그자가 참석을 할지 안 할지가 문제네요."

초대했다고 해서 무조건 참석하는 것은 아니었다. 선택은 순전히 상대의 몫이니까.

하지만 설리번은 왠지 그가 올 것 같은 예감이 들었다.

사람에겐 누구나 직감이란 것이 있다. 그리고 설리번은 직감이 무척 좋은 편이었다.

*　　　　*　　　　*

체노위스 백작이 내기 도박으로 성을 날렸다는 얘기는 귀족이라면 누구나 아는 사실이었다. 평소 사람 좋기로 유명한 백작이기에 대부분이 안타까워했지만, 그들이 나서서 갚아줄 수도 없는 것이기에 다들 쉬쉬하며 지냈다.

그런데 돌연 칼리스타 뱅크란 곳에서 체노위스 가의 빚을 모조리 갚아주었다는 소문이 돌기 시작했다.

바로 몇 시간 전에 퍼지기 시작한 소문은 얼마 되지도 않아 황도에 있는 모든 귀족들의 귀에 들어갔다.

그리고 그 칼리스타 뱅크의 주인이 내일 밤 헤이스버트 백작의 저택에서 열리는 파티에 참석할 거라는 소식이 뒤를 이었다.

파티의 주최자인 백작 부인은 얼마나 많은 귀족이 자신의 파티에 참석하는지에 대해 열을 올리는 여자였다.

초대장을 보내달라는 설리번의 부탁을 단번에 승낙한 그녀는 일부러 하인들을 동원해 귀족들에게 알렸다. 소문의 주인공이 참석한다면 평소 파티에 관심이 없던 자들도 궁금해서 올 것이기 때문이다.

우스운 것은 당사자인 리안은 이미 소문이 퍼질 대로 퍼진 후에야 초대장을 받았다는 것이었다.

"초대장?"

하인이 들고 온 빨간색 종이봉투를 받으며 리안은 고개를 갸웃했다.

"황도에 아는 사람 없다며?"

하인이 문을 닫고 나가자 아사가 폴짝 소파 위로 오르며 궁금한 눈빛으로 물었다. 라키아도 과일을 집어먹다 말고 리안을 쳐다봤다.

하지만 지금 현재 가장 궁금한 사람을 꼽으라면 리안이었다.

"없지. 잘못 온 건가?"

"그런 거 같지는 않은데."

아사가 보라는 듯 앞발로 봉투의 뒷면을 툭툭 쳤다.

"어? 내 이름이 쓰여 있네."

수신인 자리에 정확히 아드리안 폰 칼리스타라고 적혀 있는 것이 보였다.

리안은 호기심에 얼른 봉투 안을 열어보았다. 안에는 화려한 금박으로 덧씌워진 카드가 들어 있었다.

"칼리스타 백작에게. 귀하를 파티에 초대합니다. 부디

참석해서 자리를 빛내주시길 바랍니다. 아울 폰 헤이스버트 백작?"

"뭐야, 파티 초대장이었어?"

리안이 소리 내어 읽는 것을 마치자마자 라키아가 인상을 쓰며 고개를 저었다. 표정으로 보아 파티라면 질색하는 것이 분명했다.

"벌써 소문이 쫙 퍼진 모양이야."

얼굴도 모르고 이름도 처음 듣는 백작이란 자가 초대장을 보냈다는 사실에 잠시 놀랐지만, 리안도 어느 정도는 예상했던 일이기에 픽 웃으며 어깨를 으쓱였다.

"그래도 빠르긴 엄청 빠르네."

"그만큼 이번에 저지른 일이 엄청나다는 뜻이지."

라키아가 과일 하나를 다시 입으로 가져가며 리안을 힐긋 노려봤다.

리안이 체노위스 가문의 빚을 갚아줬다는 사실에 놀란 건 다른 귀족들만이 아니었다. 포와티어만큼이나 격한 반응을 보인 사람은 없지만, 어머니와 레지나는 물론 라키아와 아사, 뱅크의 전 직원이 깜짝 놀랐다.

그런 거금을 빌려줄 정도의 재력이 있다는 걸 그들도 전혀 몰랐던 것이다.

레어에 대해서 아는 사람이 없으니 어찌 보면 그건 당연한 반응이기도 했다.

리안은 걱정하는 어머니와 레지나에게 알만이 성실하게 관리를 해온 탓에 영지의 재정이 생각보다 튼실하다는 말로써 그들을 안심시켰다.

다행히 요즘 워낙 리안이 해놓은 게 많은 탓인지, 둘은 조금의 의심도 없이 리안의 말을 믿는 눈치였다.

하지만 라키아가 누군가?

아사 또한 예리한 면에서는 누구 못지않았다.

둘은 뭔가 이상하다며 지금처럼 하루에 한두 번은 꼭 수상한 눈빛으로 리안을 쳐다보곤 했다.

게다가 라키아는 그런 중요한 결정을 자신과는 또 아무런 상의도 없이 저질렀다며 처음에 화를 내기도 했다.

"그래서 갈 거야?"

리안이 라키아의 눈을 슬쩍 피할 때 아사가 긴 꼬리를 팔랑거리며 물었다.

"글쎄. 생각 중이야. 가긴 가야 할 것 같은데……."

계획에는 없던 일이지만 사교계 데뷔는 머지않아 치러야 할 일이기도 했다.

어머니와 레지나도 슬슬 황도의 생활을 지루해하고 있었고, 말씀은 안 하시지만 귀족 파티에 기대를 하고 있는 것 같았다.

일면식도 없는 자신에게 초대장을 보냈다는 것은 그만큼 자신의 존재가 궁금하기 때문일 것이다. 아마 모르긴 몰라도 자신을 보기 위해 평소보다 많은 귀족들이 참석하리라.

세상을 살아가는 데 인맥이란 것도 결코 무시할 수 없다. 이번 기회에 파티에 참석해 귀족들과 안면을 트는 것도 나쁘지 않을 것 같았다.

　"라키, 어떻게 할래?"

　"뭘?"

　"파티 말이야. 갈 거야?"

　"내가 거길 왜 가. 파티라면 난 소름이 돋아서 못 가. 너나 갔다 와."

　예상대로 라키아는 딱 잘라 거절했다. 이유는 다르지만 리안도 가지 않는 것에 찬성이었다.

　귀족들이 많이 오는 자리였다. 그중 누군가 라키아를 알아보기라도 한다면 큰일이었다.

　"아사는?"

　"나도 별로."

　의외인 것은 아사였다. 따라온다고 하면 어쩌나 걱정했던 게 무안할 만큼 아사는 파티에 관심이 전혀 없는 듯했다.

　"인간들이 득실거리는 그런 곳에 가서 뭐해. 전에 한 번 갔다가 달라붙는 여자들 때문에 고생한 걸 생각하면, 어우."

　지금 생각해도 진절머리가 난다는 듯 아사가 눈을 감으며 몸을 떨어댔다. 덕분에 금색 털이 몇 가닥 소파 밑으로 떨어졌다.

　"그래, 그럼 둘 다 집에서 쉬든가 해. 난 어머니께 말씀드리러

가야겠다."

어머니와 레지나가 좋아할 것을 생각하자 리안은 벌써부터 입가에 미소가 감돌았다. 리안은 방을 나서자마자 두 모녀가 있는 이층으로 향했다.

그런데 방향이 조금 이상했다. 그녀들이 있는 곳이라면 올라가서 오른쪽으로 꺾어야 하는데, 리안은 계단을 올라 바로 왼쪽으로 몸을 틀었다.

리안의 침실이 있는 쪽이기는 했지만 리안은 자신의 방도 지나쳐 아무도 사용하지 않는 방을 조심스레 열쇠로 따고 들어갔다.

당연히 안에는 아무도 없었다. 그래도 혹시나 하는 생각에 주위를 꼼꼼히 살핀 후에야 리안은 팔목에 차고 있던 대지의 숨결에 마나를 불어넣었다.

"워프!"

리안의 몸은 순식간에 사라졌고, 잠시 후 리안이 다시 그곳으로 돌아왔을 땐 양손에 한가득 옷가지가 들려 있었다.

*　　　　*　　　　*

새하얀 백마가 끄는 마차가 황도의 어느 저택 앞에서 멈춰 섰다. 잠시 경비를 서던 자들과 마부 간에 이야기가 오가고 마차가 다시 움직였다.

제국에서 이름난 명문가답게 헤이스버트 백작의 저택은 규모가 으리으리했다. 마차로 이동을 하고 있음에도 대문에서 저택까지 걸린 시간은 꽤 길었다.

"드디어 도착했나 보군."

리안의 일행은 다른 귀족들에 비하면 매우 단출했다. 다른 귀족들이 화장을 고쳐줄 하녀라던가 잔심부름을 할 하인 등을 여럿 데려온 반면, 리안이 데려온 하녀는 단 한 명이었다. 그 한 명도 어머니와 레지나만 아니었다면 두고 왔을 것이다.

저택은 입구부터가 굉장히 북적거렸다.

아직 마사로 돌아가지 못한 마차와 마차에서 내리는 귀족과 하인들이 뒤엉키며 몹시도 어수선한 풍경을 자아냈다. 시장통도 이보다는 나을 것 같았다.

상상했던 것과는 너무나도 다른 모습에 리안은 살짝 인상을 굳혔다. 그에 반해 레지나는 벌써부터 창가에 얼굴을 딱 붙이고 앉아 꺅꺅거리고 있었다.

"엄마, 제 또래 애들도 되게 많이 보여요. 오늘 밤 친구를 사귈 수 있을까요?"

"그럼. 엄마도 무척 기대하고 있는걸? 우리 레지나가 과연 어떤 친구를 만날지."

리안의 영지가 변방인 탓도 있지만, 오랫동안 몸이 좋지 않았던 오웬 때문에 칼리스타 가문은 다른 귀족들과의 왕래가 거의 없었다.

그래서 리안이나 레지나에겐 마음을 터놓고 지낼 수 있는 또래의 귀족 친구가 한 명도 없었다.

그것이 못내 가슴 아팠던 오웬은 오늘 드디어 그 소원을 풀게 되었다.

이 얼마나 어여쁜 오누이란 말인가?

자신이 배 아파 낳은 자식이라서가 아니라 리안과 레지나는 누가 보아도 반할 만큼 대단한 미모를 자랑했다.

아직 완전히 소녀티를 벗어나지는 못했지만 레지나의 균형 잡힌 몸매와 작고 예쁜 얼굴은 충분히 매력적이었다. 오웬을 쏙 빼닮은 갈색 머리칼과 짙푸른 눈동자가 더해져 우아하면서도 청순한 분위기를 풍겼다.

새침하면서도 귀여운 표정의 레지나를 본다면 다들 반할 것이 분명했다.

아들인 리안이야 말할 것도 없었다. 어려서부터 여자보다도 예쁘다는 말을 수없이 듣고 자란 아들이다.

아마도 오늘밤 잠 못 드는 처자들이 꽤 많이 늘어나리라. 어미로서 괜한 뿌듯함이 오웬의 가슴속에 피어났다.

"내리시지요."

언제쯤 나가야 할까 리안이 고민하는 사이 마부가 문을 열었다. 다행히 밖이 조금은 한산해져 있었다.

"어머니, 제 손 잡으세요."

리안은 차례대로 두 모녀가 마차에서 내리는 것을 도왔다.

사람들의 시선이 느껴진 것은 그때부터였다. 아직 파티장으로는 들어가지도 않았는데 벌써부터 관심의 대상이 되었다.

셋의 미모가 워낙 뛰어난데다가 그들이 누구인지 전혀 모르니 빚어진 일이었다.

리안은 눈이 마주치는 사람들에게 가볍게 인사를 건네며 안으로 들어갔다.

"초대장을 보여주시겠습니까?"

리안을 맞은 것은 사오십 대 가량의 중년 남성과 진한 화장을 한 중년의 부인이었다. 굳이 묻지 않아도 그들이 헤이스버트 백작 부부라는 것은 충분히 짐작할 수 있었다.

리안이 그들과 인사하기에 앞서 집사인 듯한 자가 하얀 장갑을 낀 손으로 리안에게서 초대장을 받아갔다.

초대장은 바로 두 부부에게 전해졌다.

헤이스버트 백작 부부는 리안이 안으로 들어오면서부터 관심 어린 눈동자로 지켜보고 있었다. 그러던 그들의 눈이 초대장을 받아든 순간 왕방울처럼 커졌다.

"오호! 칼리스타 뱅크에서 오셨군요. 환영합니다!"

과장된 제스처와 함께 헤이스버트 백작 부인이 한달음에 달려와 자신과 남편을 소개했다.

리안도 어색한 미소를 지으며 일행을 소개했다.

"아드리안 폰 칼리스타라고 합니다. 이분은 제 어머님이시고, 이쪽은 제 여동생입니다. 좋은 자리에 초대를 해주셔서 무척 감사하게 생각하고 있습니다."

"감사는요, 무슨! 이럴 게 아니라, 어서 안으로 드세요. 칼리스타 백작님을 기다리시는 분이 무척 많답니다. 호호호호!"

뒤이어 오는 손님이 있었기에 백작 부부와의 인사는 간단히 끝내고 잠시 후를 기약했다. 리안은 안내하는 하인을 따라 서서히 파티장으로 발걸음을 옮겼다.

그런데 무슨 일일까?

리안의 소개가 끝나기가 무섭게 주변에 있던 사람들이 어디론가 급히 뛰기 시작했다. 옷차림으로 보아 분명 귀족은 아니었다.

궁금증은 곧 풀렸다. 파티장으로 들어가니 조금 전에 보았던 사람들이 저마다 누군가의 귀에 대고 무언가를 속닥이고 있었던 것이다.

그러자 다들 눈이 커지면서 리안 일행을 주시하기 시작했다.

장소가 장소인 만큼 완전한 고요는 아니었지만, 리안 일행이 등장함과 동시에 묘하게 파티장이 조용해졌다.

리안은 일단 사람들이 비교적 적은 곳으로 어머니와 레지나를 이끌었다.

"와아, 이렇게 큰 홀은 태어나서 처음 봐."

구석진 자리에 와서야 레지나는 참았던 숨을 쉬며 감탄의 목소리를 냈다. 쏠리는 시선에 주눅이 든 것도 같았지만 리안이 건넨 음료수를 마시고 나서는 긴장이 풀린 듯 본래의 모습으로 돌아갔다.

홀 안으로는 사람들이 계속해서 들어오고 있었다. 아는 사람들끼리 반갑게 인사하는 장면이 제법 보였다. 그러던 자들이 마지막에는 하나같이 리안이 있는 곳을 바라보며 숙덕거렸다.

거의가 비슷한 얘기였다.

칼리스타 뱅크의 주인이 저렇게 어릴 줄은 몰랐다는 둥, 저렇게 어린 자가 정말 체노위스 가문의 빚을 갚은 게 맞느냐는 둥 대부분이 믿을 수 없다는 표정이었다.

물론 중간 중간 리안과 두 모녀의 미모에 관한 이야기도 자주 언급되었다. 오웬이 예감했던 대로 레지나를 관심 있게 바라보는 남자들의 시선이 많이 포착되었다.

리안도 마찬가지였다. 리안의 등장과 동시에 파티장에 있던 대부분의 여인들이 주변 사람이나 부채 같은 도구를 이용해서 리안을 훔쳐보기 바빴다.

잘생긴 청년이 주위에 없는 것도 아닌데, 다들 홍조 가득한 얼굴로 리안에 대한 얘기뿐이었다. 그만큼 리안의 외모는 가히 독보적이었다.

그런 여인들의 수다는 조금 특이했다.

처음에는 다 비슷한 얘기를 나누다가 마지막에 가서는 항상 오웬과 레지나가 입고 있는 드레스로 이야기가 넘어갔다.

"누구 디자인인지 아는 사람 있어?"

"글쎄, 나도 지금 그 생각 하던 참이야. 황도에 새로운 디자이너라도 생긴 건가?"

"저런 드레스는 본 적이 없어. 뭔가 독특하면서도 굉장히 우아하고 심플한 느낌이야."

"우리 어디에서 구했는지 가서 한 번 물어볼까?"

리안의 외모만큼이나 관심을 끈 것은 두 모녀가 입고 있는 드레스였다. 여태껏 보지 못했던 고급스러운 색감과 디자인에 많은 여인들이 부러움에 찬 시선으로 오웬과 레지나를 주시했다.

리안은 안도했다. 레어에서 가져온 드레스가 요즘 시대에 뒤떨어지면 어쩌나 걱정을 했는데 결과는 대성공에 가까웠다.

누구의 작품인지는 모르지만 리안의 낮은 눈으로 보기에도 어머니와 레지나보다 나은 옷을 입은 여자는 없었다.

'세이프리드에게 감사할 것이 또 하나 생겼군.'

"저……."

누군가 다가온 것은 그때였다.

사십 대 정도 되었을까?

부인과 딸 둘을 데리고 용감하게 말을 건 사내는 자신을 조나단 드 스페이더 남작이라고 소개했다.

"안녕하세요. 저는 아드리안 폰 칼리스타라고 합니다. 여기는……."

사람들의 시선에 서서히 지쳐가고 있던 터라 리안은 그가 고마운 한편 무척 반가웠다. 리안이 활짝 웃으며 어머니와 레지나를 소개했다.

리안이 미소 짓자 스페이더 남작의 부인뿐 아니라 두 딸이 얼굴을 붉히며 리안의 시선을 피했다. 주변에서 리안을 흘깃거리던 여인들도 같은 증세를 보이며 고개를 숙였다.

그들의 관심에 가장 기뻐한 것은 레지나였다. 남작의 두 딸이 그녀의 또래였기 때문이다. 비키와 베스라는 이름의 그녀들은 각각 열일곱, 열여섯 살이었다.

자연스레 두 자매와 말을 섞게 된 레지나는 잠시 후 손을 잡고 어디론가 사라졌다. 조금 걱정이 되긴 했지만 무슨 일이 생기면 바로 찾을 수 있는 능력이 충분히 되었기에 리안은 마음을 놓기로 했다.

오웬은 조금 더 리안과 자리하다가 마찬가지로 스페이더 남작 부인의 손에 이끌려 부인들이 모인 곳으로 옮겨갔다.

남작은 단둘이 되자마자 사실대로 고백했다.

"딸들이 어찌나 말을 걸어보라고 성화를 부리던지, 도저히 가만히 있을 수가 없었습니다. 혹시 실례가 되었다면 사과드리겠습니다."

"아닙니다. 저야말로 남작께서 말을 걸어주셔서 살았습니다. 어머니와 동생을 위해 뭐라도 해야 할 참이었거든요."

"하하, 그렇습니까?"

"조나단, 뭐가 그리도 재밌는가?"

리안과 남작이 마주보며 웃을 때 두 명의 사내가 다가왔다. 스페이더 남작과 비슷한 연배로 보이는 그들은 평소에도 잘 아는 사이인 듯했다.

"아, 그런 게 있네. 자네들도 인사하게. 여기는 알다시피 칼리스타 백작이시네. 이쪽은 제 오랜 친우들인 쉬머 남작과 밀리건 백작입니다."

남작의 소개에 리안은 두 사내와 악수를 나누며 반갑게 인사했다.

"칼리스타 뱅크에 대한 소문은 들었습니다. 아직 젊으신 것 같은데 대단하더군요. 체노위스 가의 빚을 갚아주셨다고요?"

"허허, 이 사람 성질 급한 건 알아줘야 한다니까. 초면부터 그런 것을 묻다니 실례 아닌가!"

밀리건 백작의 물음에 당황한 것은 스페이더 남작이었다. 그가 리안을 향해 미안한 표정을 지으며 친구를 나무랐다.

남작이면서도 백작에게 편하게 말하는 것을 보아 무척 가까운 사이임을 알 수 있었다.

리안은 빙긋 웃으며 대답했다.

"괜찮습니다. 비밀도 아닌데요, 뭐."

"거 보게. 괜찮다고 하시지 않나. 하여튼 자네는 너무 예의를 따져서 문제라니까. 그나저나 칼리스타 뱅크는 문제없는 겁니까?"

밀리건 백작은 친구를 힐긋 노려본 후 다시 질문을 던졌다.

그는 리안에게 궁금한 것이 많은 듯했다. 초면에 이런 태도가 예의에 어긋난다는 것을 분명 알고 있을 텐데도 그러는 것을 보면 리안의 나이가 어리다고 얕보는 것이리라.

리안은 오히려 일부러 더 환한 표정을 지으며 백작을 상대했다.

"물론입니다. 그 질문이 거액의 빚을 갚아주고 흔들리는 게 아니냐고 묻는 것이라면 말이지요."

부연 설명까지 덧붙이는 리안의 모습은 나이답지 않게 당당하면서도 여유가 넘쳤다.

"체노위스 가의 빚을 갚아줄 만한 뱅크가 제국에서 몇 개 안 된다고 들었습니다. 그런데 이제 막 시작한 뱅크가 그만한 능력이 되고도 남는다니. 어째서 칼리스타 가문이 이제야 사람들에게 알려졌는지 궁금할 뿐이네요."

리안의 당돌한 대답에 당황하는 친구 대신 쉬머 남작이 끼어들며 리안을 칭찬했다.

"그동안 조용히 지내와서겠지요. 아버지께서 일찍 돌아가시고, 어머니께서도 몸이 좋지 않으셨기 때문에 무언가를 할 겨를이 없었다고 할까요. 이제라도 황도에 발을 디디게 되었으니 많이들 도와주셨으면 합니다."

"안 그래도 궁금했습니다. 칼리스타 뱅크에서는 단돈 1쿠퍼를 맡겨도 이자를 준다고 하던데, 자세히 설명해 주실 수 있습니까?"

일전에 읽었던 전단지의 내용을 기억하며 스페이더 남작은 자연스럽게 화제를 돌렸다. 그러자 밀리건 백작과 쉬머 남작도 눈을 빛내며 리안의 대답을 기다렸다.

사실 칼리스타 뱅크에 대한 귀족들의 관심은 그들만 갖고 있는 것이 아니었다.

서민들을 상대하는 뱅크가 나타났다고 했을 땐 비웃었던 반면, 체노위스 가의 빚을 해결하고 난 지금은 다들 칼리스타 뱅크를 보는 시선들이 달라졌다.

뱅크를 상대하는 귀족들이 바라는 것은 모두가 같다.

뱅크가 망하지 않고 안전하게 재산을 지켜주는 것과 그 재산을 보다 많이 증식해 주는 것.

그래서 귀족들은 이율이 좀 낮아도 덩치가 큰 은행을 선호하는 편이었다. 아무래도 그런 곳이 망할 확률이 적을 테니 말이다.

칼리스타 뱅크는 이율도 높은 뿐더러 이번에 체노위스 가에 돈을 빌려주면서 얼마나 재정이 탄탄한지에 대해서도 증명을 한 셈이었다.

리안은 망설이지 않고 입을 열었다.

"설명할 필요도 없습니다. 그냥 말 그대로입니다. 저희 뱅크에 돈을 맡기시면, 그게 단돈 1쿠퍼라도 이자를 지급한다는 얘깁니다."

"그러니까 왜 그렇게까지 하냐는 것입니다. 그건 뱅크로서 손해 보는 일 아닌가요?"

"그렇지 않습니다. 아무리 적은 돈이라도 여러 사람의 돈이 모이면 큰돈이 됩니다. 저는 그런 돈을 다른 곳에 투자해서 다시 고객들에게 나눠주는 것입니다. 물론 어느 정도의 이윤을 남기고 말이지요."

"투자를 했다가 손해를 보면 어쩝니까?"

"아직 그런 일은 없었습니다. 그리고 설사 그런 일이 생긴다고 해도 손해는 저희 뱅크에서 다 감수할 테니 걱정하실 필요 없습니다. 참고로 말씀드리자면, 고객의 소중한 돈이니만큼 안전한 것에만 투자하고 있습니다."

리안은 이제 이해가 됐냐는 듯 세 사람을 돌아보았다. 공감한 듯 고개를 주억거리며 턱을 쓰다듬던 스페이더 남작이 다시금 물었다.

"칼리스타 뱅크에선 서민들만 상대하나요?"

"아니요, 당연히 그렇지 않습니다. 기존의 뱅크가 귀족들만을 위한 뱅크였다면, 저희는 서민과 귀족 모두를 위한 뱅크입니다."

"어쩌면 조만간 다시 볼 수도 있을지 모르겠네요."

"언제라도 오십시오."

"아마 형편이 어려운 귀족들도 소식을 듣고 찾지 않을까 싶습니다. 준비 단단히 하셔야 하겠습니다."

"조언 감사합니다."

이미 예상하고 있었지만 리안은 웃으며 그렇게 말했다. 그때 밀리건 백작이 리안의 뒤편을 바라보며 중얼거렸다.

"저기 오는군."

"모두들 안녕하십니까!"

인사를 하며 무리에 끼어든 사내는 꽤 젊은 사내였다. 호리호리한 몸매에 허리까지 오는 긴 금발을 나풀거리며 나타난 사내는 남자가 입기에는 조금 무리가 있을 것 같은 화려한 색의 옷을 입고 있었다.

리안의 착각일지도 모르지만 왠지 사내를 보는 시선들이 다들 좋지 않았다.

"보웬 남작 아닌가! 얼마 전 여행을 갔다고 들었는데, 언제 돌아온 건가?"

분위기가 어색해지는 것을 막아보고자 스페이더 남작이 모두를 대표해 그를 반갑게 맞았다.

"아, 그럴까 했는데 날씨도 좋지 않고 해서 그냥 취소했습니다. 남작님은 그 사이 얼굴이 많이 좋아지셨네요. 전에 뵈었을 땐 많이 아파 보이셨는데."

"그땐 내가 좀 그랬지. 아, 인사하게. 여기는 칼리스타 백작이시네."

"토레스라고 불러주십시오."

상대는 다짜고짜 친한 척 자신의 이름을 말하며 리안에게 손을 내밀었다.

그에 대해선 몇 마디 대화를 나눠보지 않고도 금방 알 수 있었다. 입고 있는 옷이나 말투하며 꺼내는 이야기가 대부분 여자와 관계된 것이었다.

게다가 남자로서는 드물게 장신구와 옷에 유별난 애착을 보였다. 리안이 입고 있는 옷도 어디에서 구한 거냐며 인사를 나누고 얼마 되지 않아서 물어왔다.

당연히 세이프리드의 레어에서 가져온 것이기 때문에 리안도 알 수 없었다. 그래서 모른다고 대답했다가 어떻게 그런 걸 모를 수 있냐면서 십여 분이 넘게 설교를 들어야 했다.

본론으로 넘어간 것은 헤이스버트 백작 부부가 모든 손님을 맞고 파티장으로 들어온 무렵이었다.

토레스가 지금까지와는 다르게 무척이나 어려워하는 기색으로 말문을 열었다.

"칼리스타 백작께서 체노위스 가문에게 도움을 주셨다는 얘기는 들었습니다. 그래서 혹시나 제게도 그런 도움을 주실 수 있을까 해서 이렇게 찾아왔네요."

"아, 그런 얘기라면 내일 뱅크로 찾아오시는 게 어떨까요? 자세한 얘기는 그때 가서 하는 게 좋을 것 같습니다."

"자리를 옮겨서 말씀드리면 안 될까요? 제가 저녁 파티에 자주 참석하다보니 기상 시간이 좀 늦는 편입니다. 일어나서 나갈 차비를 마치고 나면 보통 저녁 여섯 시를 넘기 일쑤죠. 아시다시피 그 시간이면 뱅크가 문을 닫을 시간인지라……

하하.”

그러니까 즉, 그의 말은 자신이 늦게 일어나기 때문에 뱅크에 찾아갈 수 없으니 지금 대화를 하자는 것이었다.

“…….”

웬만해서는 당황하는 법이 없는 리안도 지금만큼은 어이가 없어 아무런 말도 할 수가 없었다.

이런 경우는 또 처음이었다.

이걸 뻔뻔하다고 해야 할지, 생각이 없다고 해야 할지.

우습기도 했다.

사실 이런 식이면 대화를 나눠 볼 필요도 없었다. 안 봐도 뻔하기 때문이다.

듣자하니 매일 밤을 파티장에서 보내는 모양인데, 이런 능력 없는 자에게 돈을 빌려줄 수는 없었다. 리안은 자선사업을 하는 것이 아니었다.

체노위스 가에 돈을 빌려준 것도 앞으로 돌아올 이익을 보고 내린 결정이었다. 물론 편의를 봐준 건 사실이지만 훗날 돌아올 이익을 생각하면 그건 아무것도 아니었다.

“리안, 잠깐 시간 좀 내주겠니?”

리안이 뭐라고 대답을 해야 하나 망설이고 있을 때 도움의 목소리가 들려왔다. 왠지 불안해 보이는 어머니의 눈빛에 리안은 재빨리 양해를 구하고 자리를 빠져나왔다.

“무슨 일이세요?”

"그게 레지나가 안 보이는구나. 비키 양과 베스 양이 도와줘서 함께 찾아봤는데도 도통 어디에 갔는지 찾을 수가 없어서 말이지."

"스페이더 자매와 같이 있는 게 아니었어요?"

"둘이 춤추러 간 사이에 사라졌다는 것 같아."

"네, 제가 찾아볼게요. 너무 걱정하지 마시고, 여기서 좀 쉬고 계세요."

리안은 이미 마나 장악력을 사용해 주변을 훑고 있는 중이었다. 걱정하는 어머니를 안심시킨 뒤 조금 더 정신을 집중해 주변을 탐색하기 시작했다.

'일단 안에는 없군.'

넓은 홀 어디에도 동생의 기척은 느껴지지 않았다. 리안은 물한 잔으로 마른 목을 축인 뒤 저택 바깥으로 나갔다.

파티는 아직 무르익지도 않았는데 벌써부터 저택 밖은 눈이 맞은 남녀들로 북적이고 있었다. 더운 날씨를 핑계 삼아 찬바람을 쐬자는 둥, 몸이 좋지 않다는 둥 핑계도 가지각색이었다.

리안은 조심스레 그런 자들을 피해 저택 주변을 돌며 레지나의 기운을 찾는 것에 집중했다. 워낙 규모가 큰 저택이고 사람들이 많은 날이다 보니 평소보다 찾기가 쉽지 않았다.

"······!"

하지만 리안이 누구던가?

드래곤의 마법을 계승한 이 시대에는 존재하지도 않는

6서클의 대마법사였다.

한참을 돌아다닌 끝에 드디어 정원의 한 끄트머리에서 동생의 기운을 찾았다.

'응?'

그런데 뭔가 이상했다. 동생이 혼자가 아니었고 어딘가 불안정한 기운이 느껴졌다.

그때 레지나의 가냘픈 비명소리가 터져 나왔다.

"꺄아아악!"

'레지나!'

리안의 심장이 무섭게 쿵쿵 뛰었다.

동생에게 참담한 일이라도 벌어진 것은 아닌지 오만가지 상상이 다 들었다. 리안의 몸에서 마나가 무섭게 휘몰아쳤다.

"헤이스트!"

리안은 자신의 몸에 헤이스트 마법을 걸고 레지나가 있는 곳을 향해 빠르게 달렸다. 몇 번 사람들과 마주치기도 했지만 다들 각자의 일에 몰두하고 있던 터라 무슨 일이 벌어진지도 몰랐다.

리안이 동생을 발견한 곳은 저택에서도 가장 인적이 드문 곳이었다.

레지나는 웬 사내와 함께 있었다. 젊은 귀족인 듯 남색 모자를 쓰고 같은 색의 망토를 두른 사내가 레지나를 향해 서서히 다가가고 있었다.

2미터 쯤 떨어진 거리에서 레지나는 거의 사색이 된 얼굴로 자신에게 다가오는 사내를 향해 그러지 말라는 듯 손을 내젓고 있었다.

'감히!'

리안은 거의 눈이 뒤집히기 직전이었다. 순진한 동생을 이곳으로 꼬여와 고작 한다는 것이 사내로 태어나 입에 담지도 못할 짓이라니.

그런 짓을 저지르는 자는 예전 주인만으로 충분했다. 리안이 살기를 내뿜으며 두 사람을 향해 천천히 걸어갔다.

갑자기 리안을 향해 누군가 접근해 온 것은 그때였다.

마나는 느껴졌지만 모습은 보이지 않던 자. 아마 저 파렴치한 놈의 호위기사일 터였다.

호위기사로 짐작되는 자가 기습적으로 리안에게 다가서며 주먹을 휘둘렀다.

"블링크!"

리안은 재빨리 블링크를 이용해 레지나와 낯선 사내의 사이로 이동했다.

"헉!"

뒤에서 굵직한 사내의 경악성이 터져 나왔다.

리안은 그 목소리를 무시한 채 레지나를 등 뒤로 숨기며 마나를 끌어올렸다.

화르르륵!

뜨거운 열기와 함께 이글거리는 붉은 불덩이가 리안의 오른손에 맺혔다.

"위험하옵…… 헉!"

어느새 정신을 차린 호위기사가 리안을 향해 뛰어들었다. 리안은 그 기사를 향해 한 치의 망설임도 없이 파이어 볼을 날렸다.

퍼벙!

폭음과 함께 호위기사가 뒤로 날아가며 담벼락에 부딪힌 후 바닥으로 떨어졌다.

리안은 낯선 사내를 향해 다시 파이어 볼을 만들었다.

"오, 오빠……."

등 뒤에서 레지나의 떨리는 목소리가 들려왔다. 그녀는 처음 보는 오빠의 모습에 완전히 놀란 상태였다.

순식간에 눈앞에 나타난 것도 모자라 손에서 불덩이까지 쏘아냈다. 그런 건 그녀의 상식으로 마법사들이나 할 수 있는 것이었다.

'오빠가 어떻게……?'

"이제는 괜찮아. 걱정하지 마."

리안은 레지나의 손을 한 번 꾹 잡아준 뒤 사내를 향해 한 걸음 내딛었다. 동시에 손을 뻗었다.

"네놈이 감히 내 여동생에게……."

치지직!

날아간 파이어 볼의 뜨거운 열기에 사내의 옷자락 끝이 살짝 그을리기 시작할 때쯤이었다.

"그 어떤 위험으로부터 지켜낼지어다, 실드!"

별안간 하얀색 로브를 뒤집어쓴 마법사가 나타나 사내의 몸을 실드로 감싸며 리안의 공격을 막아섰다.

누군지는 모르나 호위기사에 마법사까지 동반한 것을 보면 가문이 제법 빵빵한 모양이었다.

리안은 사내의 주위에 쳐진 실드를 무시한 채 파이어 볼을 더욱 앞으로 내밀었다. 그러자 놀라운 일이 벌어졌다.

실드에 막혀 파이어 볼이 더 이상 나가지 못해야 정상이거늘, 오히려 불덩이가 실드를 집어삼키고 있었다.

"이, 이런 말도 안 되는……!"

경악에 찬 마법사의 음성은 끝을 맺지 못했다.

금이 가기 시작하더니 실드가 완전히 부서지고 만 것이다.

마법사가 뒤늦게 정신을 차리고 다시 실드를 시전하려 했지만 이미 상황은 늦은 후였다.

"파이어 볼!"

어느새 마법사의 바로 앞에도 뜨거운 불덩이 하나가 둥둥 떠 있었다.

"감히 내 동생에게 손을 대다니! 네놈의 가문을 무너뜨리는 한이 있어도 공개적으로 사과를 받고 말 것이다!"

리안은 두려움에 떨었을 동생을 생각하자 피가 거꾸로 솟는

기분이었다. 리안이 사내의 낯짝을 자세히 보기 위해 노려보며
바짝 다가섰다.

"오, 오빠! 그게 아닌데……."

레지나가 뒤에서 뭐라고 말했지만 지금 리안의 귀에는 들리지
않았다.

"하하, 하하하하!"

"……?"

그런데 갑자기 사내가 미친 듯이 웃기 시작했다. 바로 앞에서
뜨겁게 이글거리는 불덩이에도 아랑곳없이 허리까지 젖혀가며
호탕하게 웃었다.

"오해를 한 것 같군. 내가 다 설명할 테니 이 불덩이 먼저
치워주지 않겠는가?"

"오해……?"

"오빠, 그런 거 아니야. 사람 민망하게……."

그제야 뒤에 있는 레지나의 목소리가 리안의 귀에도 들렸다.
리안은 뒤로 한 걸음 물러서며 일단 마법을 해제했다. 대체 무슨
오해가 있었는지 자세히 물어볼 작정이었다.

그때 파이어 볼에서 벗어난 마법사가 사내를 향해 허겁지겁
달려왔다. 그런 마법사의 입에서 터져 나온 말은 리안을
기함하게 하기에 충분했다.

"폐, 폐하! 괜찮으십니까?"

"……!"

리안은 자신의 귀를 의심했다.

폐하라니? 어째서 이런 곳에……?

리안의 눈이 믿을 수 없다는 듯 커졌다.

그리고 그때 보았다.

마법사의 하얀색 로브에 황금색 지팡이가 수놓아져 있음을.

그것은 제국의 황실 마법사를 상징하는 것이었다.

『마법군주』 3권에서 계속

DREAMBOOKS★

DREAMBOOKS★

DREAMBOOKS ★

DREAMBOOKS★